異世界から聖女が来るようなので、邪魔者は消えようと思います４

蓮水　涼

23139

角川ビーンズ文庫

Contents

プロローグ 7p

第一章 ***
親子喧嘩から逃げられるものなら
逃げたいです 9p

第二章 ***
悪役令嬢その2ってなんですか！ 54p

第三章 ***
私は本編の悪役ですから！ 82p

第四章 ***
あなただけは許しません！ 185p

エピローグ 252p

あとがき 268p

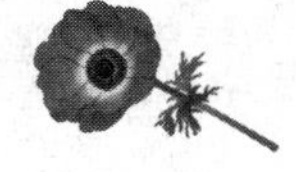

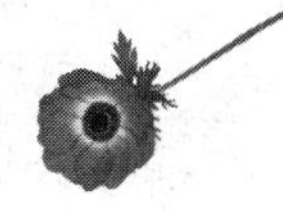

ウィリアム・フォン・シャンゼル
シャンゼル王国王太子。常に笑顔で、甘いマスクに甘い声——だが、裏の顔がある？
フェリシア・エマーレンス
グランカルスト王国第二王女。前世で知った乙女ゲームの世界に転生。薬草毒草に興味があり、薬の調合が得意。
異世界から聖女が来るようなので、邪魔者は消えようと思います

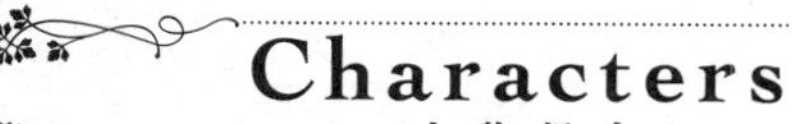

Characters

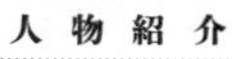

人物紹介

アイゼン

フェリシアの兄。
グランカルスト王国の
国王に即位。

サラ

乙女ゲームのヒロイン。
黒髪・黒目の
異世界から来た聖女。

ダレン

医師。見た目は屈強な
男性だが、中身は乙女。

ライラ

フェリシア付きの騎士。

フレデリク

近衛騎士。

Isekai kara Seijo ga
kuruyou nanode,
jamamono ha kieyou to
omoimasu

本文イラスト／まち

プロローグ

好きな人との結婚式。なんて幸せな響きだろう。

残念ながら前世は結婚できずに一生を終えたフェリシアにとって、なんなら前世でいう乙女ゲームの悪役に転生してしまったフェリシアにとって、これほど奇跡だと思えることもない。

両想いなんて無理ゲーだ。想いが通じるなんてドッキリか。

それが結婚にまで進展するなんて、いよいよ夢を疑うべきだろうか。

しかも相手は王子様で、誰もが見惚れる美貌の持ち主――ウィリアム・フォン・シャンゼル。

腹黒いところはあるけれど、優秀で周囲からの信頼も厚い。身体も鍛えているのか、抱きしめられるとき、その力強さにいつも胸はきゅんと高鳴る。

つまりひと言で言えば、フェリシアは浮かれていた。好きな人との結婚式を終えて、これから一週間は国内外問わずみんながお祝いしてくれる――祝宴週間が始まる。

だからまさか、思うわけもないだろう。

まさか、ここにきて恋敵が現れるなんて。

まさか、ここにきて再び前世に苦しめられることになるなんて。

「改めまして、未来の王妃様。リアム兄様の側室として、以後お見知り置きくださいね？」

おーほっほっほ。と可憐な美少女がテンプレの如く高笑いした。テンプレの如くカールのかかったツインテールを揺らしながら。

油断していた。だって二人は結婚したのだ。乙女ゲームはもう、フェリシアの人生に介在する余地もないと思っていた。実際、最近はそういう意味では平和だった。

なのに。目の前でテンプレを体現する彼女は。

（あ、悪役令嬢、その２――⁉）

時を遡ること結婚式前。

そのときから、その影はちらついていた。

第一章 ⁂ 親子喧嘩から逃げられるものなら逃げたいです

王妃から与えられた試練を達成したフェリシアは、ウィリアムとも仲直りをし、久々に王宮へ戻ってきていた。今思えば大事な結婚式の前によく家出なんてしたなぁと、自分で自分に驚く。

でもあのときは、そうするのが一番だと思っていたのだ。

ウィリアムと彼の両親のことですれ違い、あげくよくわからないまま彼に部屋に閉じ込められ、このままではまともに話もできないと思い、王妃の許へ家出した。

そこでウィリアムの過去を訊ねようと思っていたら、なぜか異母兄のアイゼンがいるし、王妃からは試練を与えられるし、追ってきたウィリアムにも素直になれなくて、なかなか大変な家出だった。

それでも、二人で協力して試練を達成したあとは、前よりウィリアムとの心の距離が近づいたように思う。

いや、物理的にも近づいたかもしれない。

「……あの、ウィリアム殿下？」

フェリシアは、後ろから抱きしめてくるウィリアムにたまらず声をかけた。

「なんだいフェリシア。呼び方がよそよそしいよ」

「当然ですわ。わたくしの前にどなたがいらっしゃると思ってるんです？　あなたのお母様です。王妃殿下です」

「それがなに？」

本気で「何か問題が？」と思っていそうなウィリアムは、フェリシアを自分の膝の上に乗せて抱きしめるだけに飽き足らず、フェリシアの肩に顎を載せて、完全に甘えモードになっている。

一応言っておくが、こんな彼は珍しい。

「ウィリアム、邪魔をするなら出て行きなさい」

フェリシアとテーブルを挟んだ反対側にいる王妃が、眉根を寄せて言った。

ここは王宮内にあるフェリシアの私室だが、最近はよくこの高貴な方も出入りする。

理由は一つだ。来たる結婚式の準備のため、王妃とはよく打ち合わせをしているからである。

王妃は、自身の夫である国王と長年すれ違っていた。それもあり、王妃は王宮ではなく自分の宮であるリカルタ宮殿に住んでいたが、最近そのすれ違いが解消されたため、今は頻繁に王宮に通っている状況だ。

ゆくゆくは王宮へ戻るとのことだったが、今はそれよりも息子の結婚式の準備に忙しく、集中したいということだった。

夫婦間だけでなく親子間もすれ違っていたこの家族だが、王妃はその挽回のためにも、息子の結婚式にかなり力を入れてくれている。

が、その肝心の息子のほうはというと。

「おかしいですね。結婚を控えた幸せな恋人たちの邪魔をしているのは、どちらでしょうか。恋人たちが一番幸せに浮かれる時期ですよ。その時間を奪っているという自覚はないのですか、王妃殿下？　浮かれたフェリシアをとにかく愛でて癒やされたいと思って訪ねてみれば、毎回あなたがいて追い出される始末。いい加減私もフェリシア不足です。早急にリカルタ宮殿へお帰りください。もしくは陛下のところへどうぞ」

ウィリアムはまるで敵を前にしたように自分の母を睨んでいる。

フェリシアは頰を引きつらせた。

（また始まったわ）

ウィリアムと王妃の喧嘩は、何もこれが初めてではない。もともとあった親子の溝は、誤解も解けて多少は埋まったはずだけれど、それだけで「じゃあ明日から仲のいい親子ね」とはならないのが人間の心情である。そこはウィリアムも人間らしく、すぐに素直にはなれないようだった。

それでも、今までは笑顔の仮面を着けてしか接しなかった両親に、こうして素で接しているだけでかなりの進歩だ。

それがたとえ、喧嘩腰であろうとも。

「陛下のところへそう頻繁に伺っては、ご迷惑でしょう？　まだ本調子でもないのよ。今は少しでもお顔が拝見できるだけで、十分だわ」

そう言って、王妃は扇で顔を隠した。

最近、フェリシアにはわかってきたことがある。こうして結婚式の打ち合わせでよく顔を合わせるようになったからこそ、気づけたことだ。

（王妃殿下、照れてる！）

もとは国王の力になりたいのになれない自分を歯痒く思い、国王と距離を置いていた王妃だ。始まりは政略的だったと聞いているが、いつしか二人の間に愛は生まれていた。

ただそれも、すれ違っていたせいで表面化することはなかった。

が、すれ違いが解消された今、王妃も無意識のストッパーが外れたのか、こんなふうに顔に出すことが多くなった。

そして目敏い彼女の息子は、容易くそれを見破る。

「そうやって頬を染めるくらいなら、我慢せず訪ねればいいのでは？　そうすれば邪魔者が消えて、私も心置きなくフェリシアと甘い時間を過ごせます」

開き直った息子はなんて強いのだろう。母親に面と向かって言うことではない。

フェリシアのほうが恥ずかしくなって、わざとらしく咳払いした。

「ウィリアム殿下。少し言葉を選んでください。あと放してください」

甘えられるのは別にいいけれど、時と場所と人の有無を考えてほしいところだ。

ウィリアムが拗ねたように言う。

「フェリシア、君はどちらの味方なの？」

表情は見えないのでわからないが、声は完全に作っている。わかっている。けれど、弱った彼に弱いフェリシアは、まんまと口籠った。

「ど、どちらって」

「訊き方を変えよう。私と王妃殿下、どちらが大事なの？」

「そんな『仕事と私どっちが大事なの？』みたいに訊かないでください！　あなたは面倒くさい女ですか！」

「？　ちょっとよくわからないけど怒られてるのはわかった」

はぁ、とウィリアムが渋々放してくれる。

すぐに彼の膝の上からどくが、伸びてきた手に捕まり逃げ損なう。隣に座らされた。腰をがっちりとホールドされて、あれ、結局あまり変わってないのでは？　と一人悩む。

「さて。悪ふざけはここまでにして、本気の話し合いをしましょう、王妃殿下。真面目に来すぎです」

「さっきと話が変わってないですわよ、殿下」

「茶化さないでフェリシア。私は大真面目なんだ」

誰も茶化してはいないのだけれど。

でも確かに、ウィリアムの顔はいつになく真剣だった。

「あなたが頻繁にここに来るのは、どうせこんなところなんでしょう。陛下との誤解が解けて会いたいと思うことが増えたけれど、今までが今までだったのでどう接していいかわからない。どれほどの頻度なら迷惑にならないか、嫌われないか、測りかねてフェリシアのところに逃げて来ているのですよね？　彼女はお二人を応援しているようですし、式の準備という名目もあるから、さぞ都合のいい逃げ場でしょう」

「ちょ、ちょっと殿下っ？」

急に何を言い出すのか。それは言いすぎじゃないかと焦る。

辛辣という意味でも、もう一つ、別の意味でも。

「初恋に浮かれる子どもではないのですから、いい加減に腹を括ってください。正直、お二人のことは勝手にどうぞと思っていましたけど、こちらに被害が出るなら話は別で――」

「もうっ、だから言いすぎです、ウィルの馬鹿!!」

フェリシアは手近にあったクッションをウィリアムの顔にお見舞いした。

「配慮が足りなすぎです、ウィル。なんでわからないんですの？　それが乙女心というものなんです！　健気な乙女心！　会いたいけどしつこくして相手に嫌われたらどうしよう、でも会いたい……とても切なくて相手への思いやりに溢れた素敵な想いじゃないですか！　それを暴くなんて、たとえ王太子でも許されませんわよっ」

まったく、と遠慮なく叱る。乙女心は繊細なのだ。フェリシアは痛いほど共感できるから、王妃との必要以上な打ち合わせも喜んでやっていた。が。

「フェリシア……」

ウィリアムは、自分でクッションをどかすと。

「君の言葉がとどめになってるよ」

肩を竦めて王妃を指差す。

扇で顔を覆う王妃の手が、ぷるぷると震えていた。

「えっ、あ、違うんです！　そんなつもりはなくてっ。わたくしも、その、同じことを思ったことがあるので、王妃殿下のお気持ちがよくわかると言いますか……！」

「え？　フェリシアが同じことを？　それは心外だ。私がフェリシアを嫌うなんてありえないんだから、会いたいときに会いに来てくれて構わないんだよ？　君ならいつでも歓迎だ」

「今はそういう話をしてませんわ！　そしてさりげなく手を握らない！」

開き直った息子が強すぎて泣きそうだ。顔が熱いやらなんやらでパニックになる。

「嬉しいな。フェリシアもそうやって、私を想って悩んでくれるんだね」

「だからそういう話はしてませんし顔が近いです……っ」

必死に彼の胸板を押し返すが、びくともしない。

「他には何がある？　君が私を想って悩んでくれるのは嬉しいけれど、率先して悩ませたいわけでもない。私にできることならなんでも叶えるよ」

「それはありがとうございます。では今すぐ離れていただけますかっ」

「それはできない相談かな」

「なんで！」

徐々に近づく二人の距離。

二人きりならいざ知らず、今は他にも人がいる。しかも彼の母親だ。婚約者の母親だ。恥ずかしいし、何より、今後顔を合わせにくくなるから本気でやめてほしい。

そのとき、王妃が大げさに扇を閉じた。パチンッと強い音が響く。

「わかりました。確かにウィリアムの言うとおりだわ。初恋に浮かれる子どもではないのだから、うじうじと悩むのはやめましょう」

「お、王妃殿下……！」

とか言いながら、口角が引きつっているが大丈夫だろうか。フェリシアは心配になった。

強がっているのがありありと伝わってくる。

「ぜひそうしてください。なんなら今からでもいかがです？」

「い、まは、さすがに迷惑よ」

最初の一音が裏返っている。本当に大丈夫なのだろうか。

「迷惑ではないはずですよ。こうなることを見越して陛下の予定は把握済みです。この時間、陛下は部屋で休んでいるそうですよ」

ウィリアムがいつもの仮面の笑みを浮かべた。フェリシアは思わず彼を凝視する。

これは確信犯だ。間違いなく、確信犯だ。母の前だろうと構わずフェリシアに触れてこようとしたのは、王妃が気を遣って、あるいは気まずくなって、国王の許へ行くよう仕向けるためだったのだろう。

（王妃殿下が陛下の許へ気兼ねなく行けるようにって、そういう粋な計らいだったという可能性は……）

ちらりと彼を窺う。貼りつけたような満面の笑みだった。

（ないわね）

でも逆を言えば、それほどフェリシアとの時間を恋しく思ってくれているわけなので、責めるに責められない自分がいる。

お母様を邪険にしすぎですと注意したほうがいいのかもしれないけれど、やはりフェリシアもウィリアムとの時間は大事にしたかった。

「いいわ。そこまで言うなら行きましょう。ええ、何も問題ないわ。でもウィリアム、一つだけ言わせてもらうけれど、そうやってフェリシア王女を困らせてばかりいたら、いつか愛想を尽かされるわよ」

王妃の厳しい視線が飛ぶけれど、ウィリアムは全く動じない。内心はどうかわからないが、表面上は笑顔を保ったままだ。

フェリシアとしては、こうして目の前で親子喧嘩が勃発するのもまた、困りものではあるのだが。

「フェリシア王女」

「は、はいっ」

急に矛先が自分に向いて飛び跳ねる。

「もしウィリアムに愛想が尽きたら、すぐにわたくしに言いなさい。あなたには借りがあるもの。わたくしがもっと良い縁談相手を探してあげましょう」

「え、あのっ」

フェリシアが返事をする前に、そしてウィリアムが反論する前に、王妃は颯爽と部屋を出て行ってしまう。

(嘘でしょ!?)

爆弾を落とすだけ落として逃げられた。

微妙な空気がこの場に漂う。沈黙がいたたまれないというよりは、なんか怖い。

「お、王妃殿下も、たまにはご冗談を仰るんですね！」

知りませんでしたわ、なんて大げさにはしゃいでみる。虚しさだけが広がった。

「あの、まさかとは思いますが、本気にしてませんわよね？」

恐る恐る隣を見上げれば、にっこりと微笑みで返事をされた。やっぱり怖い。

「念のため言っておきますが、私にそんなつもりは一切ありませんからね？　そもそも愛想を尽かすって、よくわからないですしっ。ウィルと出逢ってから色んな意味でハラハラドキドキの毎日で、だからそんなこと、想像したことだってないですよ。それに私、ウィルが、は、初恋、ですし……っ。だからなんというか、ウィルの言うとおり、私、浮かれてるんですっ！」

先ほど彼は、初恋を散々馬鹿にしたけれど。フェリシアにとってはまさに彼への想いがそれなのだ。今もまだ初恋が続いている。

しかもその初恋の人と、もうすぐ結婚する。そりゃあ浮かれるというものだ。

羞恥心なのか反抗心なのか、自分でもわからない感情でウィリアムを睨み上げた。

いつもの笑顔を貼りつけていた彼が、そんな拗ねたような顔をするフェリシアを見て、ふはっと破顔した。

とろけるように優しい瞳だった。

「うん、わかってるよ。ごめんねフェリシア。さっきのは王妃殿下を焚きつけるためのものだったから、本気で馬鹿になんてしてないよ。できるはずがないだろう？　だって私も君が初恋で、君との結婚に、君以上に浮かれているんだから――」

ゆっくりと、彼の顔が近づいてくる。相変わらず惚れ惚れするほどの美貌だ。きめ細かい肌、透き通る紫の瞳。長いまつ毛。かっこいいと美しいが共存している。

何度経験しても、この瞬間は慣れなかった。

緊張で心臓はドキドキと暴れ出して、近づく彼の体温と匂いに、胸が甘く痺れる。癖になりそうな甘い痛み。

そうして唇に柔らかい感触が落ちてきて、全ての神経がそこに集中する。

始めは雪が触れたくらいの、優しすぎる強さで。

それから一度離れて、フェリシアに拒む意思がないと確信すると、彼はもう一度唇を重ねてくる。今度は味わうように、ゆっくりと、深く。

彼が意識してそうしているのかはわからない。フェリシアも最近気づいたことだった。

けれど、フェリシアはこんなキスをするウィリアムが愛おしくて仕方なかった。

いつもは弱った姿なんて見せない彼が、最初のキスでフェリシアの反応を窺う様子は、まるでフェリシアに拒絶されることを恐れているように見えるからだ。

一度だけ衝動のままにキスをされたことがあったけれど、彼のキスはほとんどがこんな感じである。

(いつも堂々としてる人なのに、そんなところで弱気になるんだもの。かわいいって言ったら、怒るかしら)

内心で小さく微笑む。

同時に、拒絶するはずないのに、とも思う。これまでだって一度も拒絶したことはないのだから、彼の心配はフェリシアにとっては杞憂に思える。

だからなんとなくだけれど、ふと、こう考えるようになった。

——もしかしてウィルも、まだ信じられないのかしら。

拒絶を怖がるというよりは、好きな人と結ばれたという奇跡を、心のどこかでは信じきれていないのかもしれない。そんなふうに思った。

彼の態度からは、全く読み取れないけれど。

(ねぇ、ウィル)

唇が離れるとき、フェリシアは内心で呼びかけた。

いつもなら、キスはここで終わりだ。

でも離れていく彼の顔を、フェリシアは両手でそっと包んでとどまらせる。ウィリアムがわずかに目を瞠った。

（私たち、一緒ね）

フェリシアも、たまに両想いの奇跡を夢に思うことがある。

それは裏を返せば、きっと不安に繋がるのだろう。おかしな話だ。結婚式を目前にした婚約者同士のはずなのに。

二人とも、互いに想い合っていることを知っているはずなのに、まだ少しの不安を抱えている。

ウィリアムは長い片想いのせいで。フェリシアは自分が悪役だと思っていたせいで。

だから、彼の心に寄り添うように、包んだ頬を引き寄せて軽く触れるキスをした。

ウィリアムがびくりと反応したのが、頬を包む手のひらから伝わってきた。

その手を離し、ふにゃりと相好を崩す。

「たまには、私から伝えてみたくて」

大好きの想いを、淡いキスに乗せて。

彼がそうやって、臆病な愛を伝えてくれるように。

「……フェリシア」

「はい」

応えれば、正面からウィリアムに抱きしめられた。

「どうしよう。なんかもう、幸せで辛い」

「ふふ。わかりますわ。私も同じです。ウィルのおかげですね」

彼が自分を好きになってくれたおかげだ。

「何言ってるの。フェリシアのおかげだよ。本当に、君には敵わないって何度思ったか。今も思った。君には私が少しでも不安になるとわかるダウジング機能でも備わってるの？」

「つまり不安になってたんですか？」

「いや、不安というより、なんだろうね……本当にあの初恋の女の子と結婚できるんだっていう実感が、今さらじわじわと来て。嬉しさと戸惑いの間にいる感じかな」

「そうなんですね。でも、私も似たような感じです。まさかウィルと結婚だなんて、ここに来た当初は想像もしてませんでしたもの」

フェリシアは転生している。前世でいう乙女ゲームの悪役に生まれたフェリシアは、記憶が戻った当初、ウィリアムとの婚約を破棄することしか考えていなかった。

すると、自分を抱きしめていたウィリアムに、突然両肩を摑まれて向き合う形になる。

「ちょっと待って、フェリシア。それはそれでおかしいね？　君は確か、私の婚約者として入国したはずだけど。なのに全く思わなかったの？　私といずれ結婚すること、想像もしなかった？」

「あ……」

なんか墓穴を掘ったかもしれない。さっと視線を逸らした。

「フェリシア……。そう、やっぱりそうだったんだね。君は私のことを覚えていなかったくらいだし、私に隠れてせっせと平民になる計画も実行していたね、そういえば」

「うっ」

ウィリアムがじーっと責めるように見つめてくる。

「薄々勘づいてはいたけれど、婚約を破棄するためにここに来たのかな」

「えー、と。違うような、違わないような」

「だめだよフェリシア。こういうときは嘘でもきっぱり否定しないと」

今度は眉尻を下げて、悲しそうな微笑みを見せつけられる。

「ああ、なんだろう。さっきまでとても幸せだったのに、今は悲しみの谷底に突き落とされたような気持ちだ。這い上がるには初恋の子のキスがないと無理かもしれない……」

「急に何を言い出しますの！　絶対無理じゃないですわよねそれ⁉」

一瞬だけ罪悪感で騙されそうになったが、最後の言葉で確信した。嘘だ。いや、全てが嘘とは言わないけれど、大げさに悲しんで見せたのはわざとで間違いないだろう。

彼の目的は一つだ。

「そこまでしますか」

フェリシアからのキスをもらうために。

「するね。好きな相手からのキスを喜ばない人間がいたら、そいつは魔物だ」

「魔物も恋はするんですね？」

「フェリシア、論点をずらそうとしてもだめだよ」

にっこりと微笑まれて、頬に彼の手が添えられる。まるで逃げ道を塞がれたようだ。

「さっきはしてくれたのに」

「だって、改めてお願いされるとやりづらいです……」

「そういうもの？」

「そういうものですわ。ウィルも同じ立場になればわかります」

なんて、言った直後に後悔した。

「なるほど。それはそれでいいね」

彼が声を弾ませる。嫌な予感しかしない。

「フェリシア。キスがだめなら、私にキスをねだってみてよ。同じ立場になってみよう」

「だから改めて言われるのがだめって言ったじゃないですか！」

キスをするのもねだるのも、結局は改まってやるものではない。甘すぎる空気に耐えられなくなる。

真っ赤になるフェリシアを、ウィリアムがくすくすと楽しそうに観察してくる。

「残念。じゃあいつか、君が自然に求めてくれるよう私も頑張ろうかな」

再び近づく彼の気配。その先を期待して、フェリシアもゆっくりと目を瞑っていく。

結婚式の準備で二人きりになれなかったこともあってか、今日の彼はやけに触れ合いが多い。最近まで喧嘩していたことも、その要因の一つだろう。

彼の髪がさらりと額にあたる。ドキドキがピークに達する。そのとき。

「王女さーん！　ねぇ見て見て、見てくださいよこれ！　俺媚薬作っちゃったかも！」

ゲイルが元気良く、かつ珍しくなんの捻りもなく部屋の扉から登場した。その手には黄桃色の液体を閉じ込めた小瓶がある。

あとほんのちょっとで交わされるはずだった恋人たちの愛が、ゲイルによって届かずに終わった。

いつものフェリシアならいの一番に駆け寄っただろうが、今はさすがに無理だ。

代わりに、ウィリアムが緩慢に立ち上がってゲイルを迎える。

「やあゲイル。すごいね、何を作ったって？　媚薬？」

「そうなんですよ！　といってもまだ試してないんで、それはこれからやる予定なんすけどね。でも創薬仲間の王女さんには早く伝えたくて！　走って来ちゃいました！」

てか殿下いたんすね、とゲイルは呑気に答えている。

「まあね。君が来るよりずっと前に来ていたよ。それで？　それはどんなふうに使うんだい？」

「簡単っすよ～。これをぐいっとあおって、最初に見た人を好きになるんです。え！　もしかして殿下、興味あります？　じゃあ完成したらあげましょうか」

一見盛り上がっているようだが、フェリシアは最初から気づいていた。ウィリアムの纏うオーラがなかなかドス黒くなっていることに。

そして元暗殺者であり、現在フェリシアの護衛を担っているゲイルがそれに気づかないはずもない。

「いや、私は間に合っているから」

ぴり、と震えた空気を瞬時に察したらしい。

「あ、はは。ですよねー……。あれ、もしかして俺、来るタイミング間違えました？　なんかそんな感じっすね？　オーケーですちょっと出直してきます！」

逃げようとしたゲイルの首根っこを、ウィリアムが容赦なく捕まえた。

その手から小瓶を奪うと、蓋を開けてゲイルの口に無理やり突っ込む。

「こぼすなよ、ゲイル。おまえが作った薬なんだから、ちゃんと全部飲むんだよ」

「〜〜っ」

うわぁ、とフェリシアは引いた目でその光景を見守る。人にキス未遂現場を見られた羞恥心なんて、もうどこかへと飛んでいってしまった。

小瓶の中身が空っぽになる。

「さて。気分はどうだい、ゲイル。私に惚れた？」

「っごほ。……いやー、普通に目の前に魔王が立ってるとしか思えないっすわ」

「それは良かった。失敗おめでとう。次回作も期待しているよ」

「いやもうほんと、マジですみません。俺もわざとじゃなかったんですよ。その証拠に、今回は扉から入ってきたじゃないですか！」

「そもそもノックもなしに勝手に入ってくるのが問題なんだよ。おまえはライラとジェシカを見習え。なんのために二人が扉の外にいたか察しろ」

「え、いました？」

「ライラ」

　そのひと言でウィリアムの命令を察したライラが、ゲイルの耳を掴んで廊下に引っ張り出していく。

　さすがにこのあとに先ほどの続きを、という雰囲気ではないため、フェリシアは安堵と少しの残念さを胸に残して、今日という日を終えたのだった。

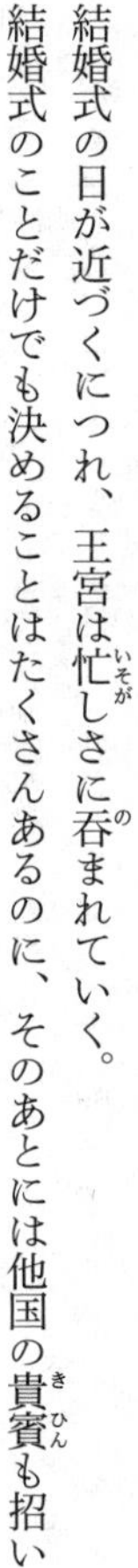

　結婚式の日が近づくにつれ、王宮は忙しさに呑まれていく。
　結婚式のことだけでも決めることはたくさんあるのに、そのあとには他国の貴賓も招いた祝宴週間が控えており、国中でお祭り騒ぎが続くのだ。

貴族は夜会を、平民はイベントを催し、新たな王太子夫妻の門出を祝う。

主役であるフェリシアとウィリアムは、その内のいくつかの夜会に出席することが慣例となっているため、それについても決めなければならないことは山とあった。

だから、一つのことでずっと悩むのは、あまり効率的とは言えないのだが。

「いい加減になさい、ウィリアム！　あなたはフェリシア王女に恥をかかせたいの？」

「まさか。私がフェリシアにそんな思いをさせるわけがありません。むしろ王妃殿下のほうこそ選ぶドレスはどれも肌の露出が多く、フェリシアを辱めようとしているとしか思えませんが？」

「これが今の流行なのよ。身体にフィットした形でスタイルを強調して、最低でもデコルテが見えるほどには胸元も開ける。それが女性の身体を美しく見せてくれるデザインなの。特に王女は女性として申し分ない体形よ。肌を全て覆うような昔のドレスでは、彼女の良さを殺してしまうわ。それでは王女が笑いものよ。あなたはそれでいいと言うの？」

フェリシアのウエディングドレスを巡って、今日も今日とて親子喧嘩が盛り上がる。この押し問答は何度目だろう。

女性らしく流行を追う王妃と、流行よりも許せないものがあるウィリアムと。

フェリシアは、今まで散々最新のカタログを持ってきてくださいと言ったのにひと昔前のカタログしかウィリアムが持ってきてくれなかった理由を、この親子喧嘩で知った。

「もちろん良くはありません。フェリシアを笑った輩は私が始末します。ですが、そんな魅力的な姿を他の男に見せることもまた、問題では？　彼女の髪の一本でもいかがわしい目で見た男がいれば、私はその場でその男の目を潰しますよ。そんな血に濡れた結婚式にしたいと仰るのですか、王妃殿下は？」

それはどんな脅しだ。フェリシアは思った。もうこの話は、いつまでたっても平行線を辿る気がする。

以前より親子の会話が増えたことは喜ばしいけれど、内容がこれでは喜ぶに喜べない。しかもフェリシアは、毎回板挟みになっている。

「フェリシアの良さは私だけが知っていればいいのです」

「王女のドレスは流行を追うべきよ」

二人がテーブルを挟んで睨み合う。

「えー、じゃあ間を取って、これなんかどうです？」

緊迫した空気に水を差したのは、テーブルの下からひょっこりと顔を覗かせたゲイルだった。彼は胸元が大きく開き、背中もがっつり開いたマーメイドラインのドレスを指差している。

王妃が驚きすぎてソファの端に飛び上がった。

神出鬼没な彼の登場に慣れているウィリアムは、少しの間を置いてから短く訊ねた。

「その心は？」

「王女さんの身体って――っあだだだ！」

ゲイルの回答を待たずして、ウィリアムがテーブルから飛び出ている彼の顔を容赦なく踏んづける。貼りつけられた笑顔がいつもより冷たい。

「どうせその下でおまえも聞いていたんだろう？　髪の一本でもいかがわしい目で見たら、私は潰すと言ったよ」

「確かに聞きましたけど！　そこは男の性っていうか！」

「否定せず正直に認めたことは褒めてやろう」

「とか言いながら踏んづける力が強くなってますよ殿下っ！」

さすがにウィリアムを止めようかと思ったフェリシアだったが、やっぱりやめた。何が男の性だ。責任転嫁も甚だしい。

「ウィ、ウィリアムっ。その男はなんなの！　刺客!?　すぐに追い出してちょうだい！」

「そうですね、一応私直属の部下ですが、王妃殿下のご命令とあらばすぐにでも追い出しましょう」

彼はこういうときだけ王妃を立てるらしい。部屋に控えていたライラと、扉の外に控えていた他の騎士によって、ゲイルが引きずり出されていく。

　しかし意外にも、このゲイルがドレス選びの功労者となった。

「まったく、突然テーブルの下から現れるなんて、非常識にもほどがあるわ。あなたの部下ならもっと徹底的に指導なさい。選ぶドレスもフェリシア王女の良さを活かせていない、ただ流行に乗っただけのドレスじゃない」

「まったくもって同意見です。こんな露出の多いドレスより、こちらのほうが断然フェリシアの清廉さと愛らしさを表現してくれるでしょう」

　ウィリアムが最新のカタログの中から、初めて肯定的にドレスを選ぶ。そう、初めて。それまで頑として譲らなかった、あのウィリアムが。

「あら、いいわねそれ。確かにあなたの言うとおり、フェリシア王女の清廉な雰囲気を保ちつつ、流行にも大きく外れていないわ。ただそうね……やっぱり首元まで布が詰まっているのは……」

「あ、あの！」

　そこで初めて、フェリシアは発言のために挙手をした。

「では首元の生地を、レースにしてはどうでしょうか？　それなら詰まっている感じもしないと思うんです」

　ウィリアムと王妃、二人の視線が集中する。

　少しだけ意外そうな親子のそれから逃げるように、フェリシアは早口で続けた。

「それに、胸元の花のコサージュも、お花畑みたいでかわいいと思います。腰の切り替え部分にあるリボンも、アクセントになってとっても素敵だと思いますわ。袖がないので腕はどうしても出てしまいますけど、グローブをつければ問題ないと思うんです」

カタログの当該ドレスを指差しながら、フェリシアは不自然なほど熱烈に説明した。

ウィリアムと王妃はぽかんとしている。それもそうだろう。これまで植物のように静かだったフェリシアが、突然どっと話し出したのだから。

けれど、そうする理由がフェリシアにもある。もしくは、フェリシアのわがまま、とも言えることかもしれない。

「あの、だから、このドレスにしませんか？　せっかくウィリアム殿下が選んでくださったので……」

つまるところ、そういうことだった。ウィリアムが選んだドレス。フェリシアが急に話し出したのも、熱く提案したのも、理由は、初めて全ての条件を満たしたドレスを逃さないためだ。

ウィリアムに恥をかかせない、王太子妃として相応しいものであること。

かつ、ウィリアムも喜んでくれるものであること。

この二つを初めて満たしたドレスが、このたくさんついた花のコサージュが特徴的なドレスだった。

「あの、殿下方？」

なかなか返事が来ないことを不安に思って声をかけると、そこでようやく二人が現実に戻ってきた。

そして、揃って真顔で頷かれる。

「決まりですね」

「決まりね」

その表情があまりにも似ていて、二人が親子であることを強く思わせた。

ウィリアムが前のめり気味に王妃に言う。

「聞きましたか、今のフェリシアの言葉。私が選んだからこのドレスがいいと。私が、選んだから」

「二回も言わなくて結構よ。聞き逃すはずがないわ」

「やはり試練など無意味でしたね。こんなに健気な婚約者はフェリシアを除いていません」

「そうね。最初はヴェールで顔を隠していてあまり良い印象がなかったのだけれど、今は逆に心配になってきたわ。フェリシア王女のように素直で純粋な女性に、あなたをあてがっていいのか」

「あなたは息子をなんだと思っているんです？」

「それはもちろん、………もち、ろん……」

二人がぽんぽん会話を交わしていると思ったら、急に王妃の様子がおかしくなってしまった。瞳が動揺している。

かと思ったら、次には何かを言おうとして、でも何も言えなかったのか、まるで声を失ったみたいに口をパクパクさせていた。

むしろウィリアムのほうが王妃の言いたいことを理解しているのか、少しだけ決まりが悪そうにソファの背にもたれた。

「勘弁してください。私が〝息子〟と言っただけで、そんな過剰に反応されても困るのですが」

「ご、ごめんなさい。つい……」

そうは言っても、王妃自身もどうしていいのかわからないらしい。忙しない瞳は右往左往している。

けれど、口では突き放すようなことを言ったウィリアムだが、彼も満更ではなさそうだ。

その証拠に、彼は仮面をつけていない。

この親子の間にあった誤解は、つい最近解けたばかりだ。まだ完全に仲直りはできそうにないと、ウィリアムは言っていたけれど。

（この様子だと、心配しなくても大丈夫そう）

胸の奥がじんわりと温まる。きっと彼は彼なりに歩み寄ろうとしている。それが嬉しくてたまらなかった。

なんだかんだ言っても、ウィリアムは優しい人だ。口では完全な仲直りは難しいと言いながらも、その努力まで放棄するような人ではない。そこまで薄情な人ではない。でなければ、いくらフェリシアに会うためだと言っても、こう頻繁に王妃がいる時間帯に訪ねては来ないだろう。彼はそういう人だから。

そう思うと、

(私、ウィルを好きになって良かったな)

心の底から愛しさが溢れてくる。彼を好きだと想う気持ちに、今のところ上限が見えてこない。

いつもならこういうとき、行き場を求める己の気持ちを、ウィリアムにぶつけていた。そうしてもいいのだと、ちゃんと受け止めるからと、彼が時間をかけて教えてくれたから。

ただ、今はそうもいかなくて。

ジレンマと闘っていると、ふいにウィリアムと目が合う。それだけで自分の考えが伝わったら、いよいよ彼は超人じみてくる。

なのに、ウィリアムはまるでなんでもお見通しだというような眼差しで、優しく頭を撫でてくれた。フェリシアがそうしたかったように、溢れる想いをその瞳に乗せて。

(～～っ)

たまらなくなる。以心伝心したみたいで、気恥ずかしいのに心は喜ぶ。きっと耳まで赤くなっていることは言われなくてもわかっていた。

現にフェリシアのこの反応に、ウィリアムが上機嫌になっている。楽しそうにフェリシアの髪をいじりだす。

「……ウィリアム殿下、髪で遊ばないでください」

「ふふ。だって君がかわいいから」

王妃の前だろうと彼は遠慮しない。フェリシアばかりが翻弄される。

でも、こういう甘い翻弄なら嫌じゃないと思ってしまう自分は、もう相当彼に毒されてしまっているのだろう。

「そうだフェリシア、一ついいことを思いついたのだけれど」

「いいこと、ですか？」

「君が私の選んだドレスがいいと言ってくれるなら、君が私のものであることをもっと視覚的にはっきりさせるのはどうだい？」

その表情は、完全に何か企み始めたときのものだった。彼のそれに翻弄され苦労したことは何度もある。こっちの苦い翻弄は好きではない。

が、その思いは以心伝心してくれなかったようだ。

「そういうわけでリボン、白から紫に変更しようか」

「はい？」

　何がそういうわけなのだろう。ちゃんと説明してほしい。

「私はチーフを緑にしよう。うん、いいね。流行は追うものではなく、作るものだ」

「え、あの」

　フェリシアが理解に手間取っていた、そのとき。

「ウィリアム！」

　王妃が急に復活した。

「あなたもたまにはいいこと言うじゃない！」

　本当に急だった。カッと目を見開いて、ソファから立ち上がるほどの勢いだった。

「流行は作るもの……そうよ。それでこそ次期王妃に相応しいわ」

　いや、そこは関係ないと思います。と言いたくても言えなかったフェリシアだ。

　王妃があまりにも生き生きとしていて、とても水を差せる雰囲気ではなかった。

「さすが現王妃殿下。言うことが違いますね」

　だから自分の都合のいいときだけ王妃を立てるのはやめてほしい。と、これも突っ込めなかった。

「互いに相手の色を身につけるのは、わたくしも名案だと思います。夜会ではたまにそういうこともあるけれど、結婚式にはなかったわ。新しい試みね。仲睦まじい二人を国民にもアピールできるし、賛成よ」

「まあ、そんなものアピールしなくても、仲はこの上なく良いですけどね」

「それに、そうすればフェリシア王女も離縁しにくくなるでしょう。万が一王女がウィリアムに愛想を尽かしたとしても、外堀から埋めていけば王女も簡単には行動に移せないはず」

二人の会話が嚙み合っていないようで嚙み合っている。外堀ってなんだ。怖い単語が聞こえた。

「ええ、外堀は私も大事だと思います。特にフェリシアは流されやすいところがありますから。けど、なぜ愛想を尽かされる前提なのか、そこが解せません」

いや、流されやすいというのもフェリシアからすれば解せないのだが。

この親にしてこの子ありという慣用句が、フェリシアの脳内に浮かんだ。こんなところで親子の連帯感は要らないと思う。

「そうと決まればさっそくデザイナーに伝えましょう。至急デザイン画を描いてもらって」

王妃が控えていた自分の侍女に命令する。侍女は音もなく部屋を出て行った。

「さあ、一番の難関だったドレスが決まったなら、あとは楽よ。ドレスに合ったアクセサリーはこちらで見繕うわ」

「それは私がやります。あなたはどうぞ他のことに集中なさってください」

「何を言うの。伝統では花婿の母親が決めるところ、ドレスを譲ったのだからアクセサリーはわたくしに譲りなさい。王女はわたくしの未来の義娘なのよ」

え、とフェリシアはここで小さく声を漏らした。

だって、完全に不意打ちだったから。まさかこのタイミングで、そんな嬉しいことを言ってもらえるなんて思ってもいなかった。

だからどういう反応をすればいいのか、困ってしまう。確かにウィリアムの隣にいることは認めてもらえたけれど、そこまで思ってくれていたなんて想像もしていなかったのだ。

王妃も目元をほんのりと染めている。言った本人も照れくさかったらしい。

（何それかわいい……！）

年上の女性に言って失礼にあたらないか心配ではあるものの、照れる王妃はものすごくかわいかった。

しかもウィリアムと同じ照れ方をするから、もうこの沸き起こる衝動をどうすればいいのか本気で悩む。

「王妃殿下、そうやってフェリシアを懐柔しないでいただけますか。そんなことより、あなたには他にやることがあるでしょうと言っているのです」

「陛下のことなら……」

「それもありますが」

王妃を遮って前置きをすると、ウィリアムは声のトーンを落として言った。

「――例の件、見つけたんですか？」

そのひと言で、場の空気が一変する。

王妃が扉を一瞥した。

「問題ありません。扉の外には事情を知る者しか配置しておりませんから」

「そう……。そういう抜け目のないところは、陛下そっくりね」

「王妃殿下」

「わかっているわ。何も話を逸らそうとしたわけじゃないのよ。例の件――わたくしに瘴気が取り憑いた原因だけど、今のところまだ何も判明していない状況よ。わたくし自身も身に覚えがないことだし、自分に瘴気が取り憑いていたなんて、あのときまで気づきもしなかったもの」

「なるほど。同じですか」

「同じ？」

王妃が疑問の声を上げる。フェリシアも首を傾げた。

「以前、オルデノワ王国の第一王妃にも瘴気が取り憑いていたことがありました。彼女もまた、同じ事を言っていましたよ。身に覚えがないと」

「お姉様が？」

それは初耳だ。

オルデノワ王国の第一王妃と言えば、フェリシアの異母姉であるブリジットのことだ。姉には幼い頃から密かに毒を盛られてきたが、ついに周囲を気にしなくなった姉に、大胆に命を狙われたことがあった。

そのとき、確かに姉の身体からは瘴気が溢れていた。動物にしか取り憑かないと思われていた瘴気が、だ。

フェリシアは姉の深い憎しみに気を取られてそれどころではなかったが、ウィリアムはちゃんと調べてくれていたらしい。

「最近、瘴気関連はきな臭いことが多い。魔物が突然大量発生したり、他国でも出現率が上がったり、果ては人にまで取り憑いた。そこに何かしらの思惑が絡んでいるとは考えにくいですが、十分注意してください」

「え、ええ」

王妃が返事に詰まる。息子に面と向かって心配されることに、まだ慣れていないのだろう。

「言っておきますが、これはあなたのためではなく、またフェリシアを狙われたら困るからであって……」

ウィリアムが余計なことを言い始める。

拗れる前に止めておこうと、彼の話を遮った。

「はいはい、わかりましたから殿下は話の続きをしてくださいね」

たぶんそれは、彼にとっても一種の照れ隠しなのだろう。彼もまた、両親を心配することに慣れていないから。

「……とにかく、些細なことでもいいので、思い出したら教えてください。嫌な予感がするので」

「嫌な予感ですか？」

首を捻る。

「フェリシアは気づかない？　瘴気に取り憑かれた人間は、二人とも君を狙った。百歩譲って今までは我々が見逃していただけで、実は瘴気が人にも取り憑くものだったとしても、その報告が上がった人間は二人とも君を傷つけようとした。まるで意思があるみたいに」

フェリシアは息を呑む。まさかそんなはずはないと思うけれど、言われてみれば彼の言うとおりだ。

瘴気には、意思などないと思っていたが。

王妃は居心地悪そうに視線を下げている。

「ですが、たった二人です。その結論に至るのは早いのでは？」

「こういうときは『二人も』なんだよ、フェリシア」

「わたくしが言えた義理ではないけれど、ウィリアムの言うとおりよ。何かあってからでは遅いもの。特にあなたはウィリアムの最愛の女性なのだから、ウィリアムの懸念もわかるわ」

「さっ、さいあ……」

なんだろう。たとえそのとおりだとしても、王妃の口から聞くと威力が半端ない。

「そうだよ、フェリシア。最愛でかけがえのない唯一で私の宝である君に何かあったら、私はたぶん独裁者になる自信があるよ？」

「ちょっ、やけに現実的で怖いんですが!?　本当になりそうって思っちゃったじゃないですか！　もしかして揶揄ってます!?」

「揶揄うだなんて心外だな。どれも本当のことだよ。君は私の最愛でかけがえのない……」

「だからそれですわよ！」

フェリシアの顔が面白いくらい赤くなることに味をしめたのだろう。ウィリアムはからからと笑っている。

王妃の憐れむ瞳が辛い。発端はあなただと教えてあげたいくらいだった。

「まあなんにせよ、冗談抜きで気をつけてほしいんだ、フェリシア。今までこんなことはなかったのに、それが全て君に向いたとなると、何かを疑わずにはいられないからね」

まだ文句は言い足りなかったものの、ウィリアムが真面目に話すので腹の虫をおさめることにする。

「わかりましたわ。それに関しては注意しておきます。ちなみにウィリアム殿下、ついでにお聞きしますけど、養護院の麻薬と人身売買の件はどうなりました？」

「ああ、それなら――」

王妃の瘴気事件に関連して、二人は王妃から与えられた試練――養護院の視察――で、そこに蔓延る闇を見つけている。

特に麻薬に関しては、フェリシアが大麻の栽培現場を発見したのだ。

「それなら、麻薬の栽培と密売の証拠が出てきたから、関わった養護院の人間は全員漏れなく檻の中に送ったよ。ただ、少し厄介なものも出てきてしまってね」

「厄介なもの？」

なんだろうと思っていたら、ウィリアムではなく王妃が答えた。

「リストでしょう？」

リスト。なんの。と一瞬考えて、フェリシアはすぐにその答えに勘づいた。

ウィリアムをぱっと振り返る。彼は何も言わない。それが答えだと悟ったフェリシアは、部屋の隅に控えていたジェシカに声をかけた。

「ジェシカ、申し訳ないけれど、お茶とお菓子のおかわりをお願いできるかしら？　そうね、あの野草園からいくつかハーブを見繕ってきてくれると嬉しいわ」

あの野草園とは、フェリシア専用の小さな庭のことだ。植物の世話から活用までを趣味とするフェリシアのために、ウィリアムが贈ってくれたものである。

「せっかくだからあなたたちも行ってきなさい。菓子は出来立てがいいわ」

フェリシアに続き、王妃も自分の侍女たちに命令する。

部屋にはフェリシアとウィリアム、王妃、そして彼らの騎士のみが残る。

「不思議だね。私の婚約者はどうしてこう察しがいいのだろう。自分に向く好意にはとんと鈍いのに」

「そういうの今はいいですわ。それで、殿下。リストというのは、まさか貴族のですか？」

「本当に察しがいい。不思議を通り越して神秘だ」

「そうですか……貴族の」

ウィリアムは何か言いたそうに横から見つめてきたが、フェリシアは無視して王妃に訊ねた。

「では貴族の中に、麻薬の密売に関わっていた者がいるんですね？」

「それだけではないわ。おそらく教会も関わっている可能性が高いわね。前回あなたたちに視察に行ってもらった養護院は、少し特殊な形態なのよ。あそこには併設された小教会があったでしょう？」

フェリシアは頷く。

「養護院は確かに国のものよ。今回のことは、その国の御膝下で悪事などできないだろうという心理を突かれた結果とも言えるわね。でも、小教会は教会のものなのよ。国の管理からは外れているの」

そう言った王妃のあとを、ウィリアムが引き継いで。

「今回この悪事の発見が遅れたのも、そのせいであるところが大きい。私も事件後、王妃殿下にいくらなんでも放置しすぎだと苦言を呈したんだ。そうしたら」

「本当はすでに一度、探りは入れていたの。けれどうまく逃げられたのよ。小教会という、我々国が容易に立ち入れないところに隠されてね。陛下を失望させてしまったと、あのときは男爵に対して業腹でならなかったわ」

王妃がウィリアムそっくりの美しい顔を歪めた。美人の怒り顔は怖いというけれど、この親子はまさにそれを体現している。

「フェリシアは覚えている？　私たちが視察したとき、子どもが一人行方不明になったことを」

「ええ、もちろんですわ」

「その子どもが小教会の地下から見つかったと、私は君に教えたね」

「！　じゃあそれも」

「そのとおり。小教会は教会の管轄だから、調べられるはずがないと踏んだのだろうね。

あの腐った連中は」

「今回は教会の許可を取ったのですか？」

フェリシアが訊くと、ウィリアムは「まさか」と鼻で笑った。

「子どもがどこかに監禁されていることはわかっていた。あの短時間で売れるとも思えないからね。だから騎士には、タイミングを見てこう叫べと指示した。『火事だ、みんな逃げろ！』ってね」

それから、と。

「小教会の前で『子どもが逃げ遅れているぞ！』は忘れずに言えとも言ったかな」

「実際に火事は？」

「起こしてないから安心して。煙だけはカモフラージュで出させたけれど」

ウィリアム曰く、そうして緊急事態であることを大義名分に小教会を無断で捜索した結果、地下で子どもの発見に至ったのだと。

「おかげで教会も文句は言えない。なんならこちらが勘づいていることもまだ知らないんじゃないかな」

なるほど、とフェリシアは彼の手腕に感心した。さすが、あの兄をして最も敵に回したくない男と言わせただけのことはある。

「まあそういうわけで、これで教会が関与していないはずがないと考えた。これには陛下も同意見だ」

「でも貴族のリストは見つかっても、教会との関わりを示すものが見つからないのよ」

「……つまり？」

「「つまり」」

親子の声が揃う。これほど感動と不穏さを同時に感じさせるデュエットもないだろう。

「リストに載っていた貴族のところに潜入して」

「教会の関与の証拠を見つけるのが今度の仕事よ、フェリシア王女」

嘘ですよね？　と口角が引きつった。

しかし嘘でも冗談でもないのだろう。ウィリアムはともかくとして、王妃がそんな悪ふざけをするはずがない。

決行は結婚式のあと。祝宴週間中。

そのときフェリシアとウィリアムは、誰に怪しまれることなく貴族の屋敷に潜入できる。むしろ貴族のほうから二人を招いてくれるという絶好の機会。抜かりのないウィリアムは、すでにリストに載っている貴族からの招待を受けていると言う。

「ごめんね、フェリシア。せっかくの慶事なのに」

ウィリアムがかなり申し訳なさそうに謝ってくれる。

確かに、何も今でなくても……と思わなくもないけれど、彼がこのタイミングを選んだことには何か意味があるはずだ。

そもそもフェリシアは、とっくに覚悟を決めている。

「大丈夫ですわ。私だって生半な気持ちで王太子の許に嫁ぐわけじゃありませんもの。また二人で頑張りましょうね！」

気合い十分に拳を握る。

それに、フェリシアは嬉しくも思っていた。だって今までの彼だったら、きっとこうしてフェリシアを頼ってはくれなかったはずだから。

なんでも一人でやろうとして、今回のことも、フェリシアには気づかせないよう無駄な策を弄したことだろう。

別に全てのことに自分を頼ってほしいとは言わないけれど、フェリシアが手伝うことで彼の負担が減るのなら、喜んで手助けしたい。

ただ、それだけのことだから。


話が終わり、先にウィリアムが席を立つと、彼は公務に戻っていった。

王妃もそろそろ離宮に戻るらしい。去り際、思い出したように彼女が言う。

「そういえば、あなたが言っていた外務省に務める文官のことだけれど」

「お心当たりが？」

実はフェリシアは、アルフィアスのことを王妃に確認していた。お礼を言うために。

アルフィアスとは、銀髪紅眼の神々しい美貌を持つ男のことだ。フェリシアがウィリアムと喧嘩をした一因の男でもあるけれど、彼自身はとても優しい人である。

フェリシアに勉強を教えてくれたり、フェリシアが家出をして王妃の許へ行こうとしたときは、率先して取次ぎをしてくれたほど親切な人でもある。おかげで予定よりだいぶ早く王妃との面会が叶った。

それもあってお礼を伝えたかったのだが、肝心の彼がなかなか見つからなかったのだ。

そうして彼の上司とも言える王妃にその所在を訊ねてみたわけだが、王妃の返事は芳しくなかった。

「心当たりはあると言えばあるけれど、ないと言えばないわ。わたくしが思い当たる銀髪の男は、外務省の文官ではなく、陛下の補佐官なのよ」

「陛下の補佐官ですか？　ですが、本人が外務省の文官だと……」

「となると、珍しい髪色ではあるけれど、銀髪違いかしらね。力になれなくてごめんなさいね」

「いえ、とんでもございませんわ。お手数おかけしました」

王妃に感謝を述べつつも、フェリシアは内心で首を傾げていた。

王妃の言うとおり、銀髪なんてそうそういるものでもないと思っていたけれど、実は意外と多い髪色だったのだろうか。

（仕方ないわ。きっとまた王宮内で会えるだろうし、お礼はそのときにしよう）

　歩き出した王妃を見送っていると、彼女が途中で立ち止まる。

　そして、振り返ることなく。

「……結婚式、楽しみにしてなさい」

　それだけ言い置いて、王妃は再び歩き出す。

　フェリシアは胸に迫る衝動のまま、その背中に向かって叫んだ。

「はい！　不束者ですが、これからよろしくお願いいたします、王妃殿下！」

　淑女としては、きっと不合格だろう振る舞い。

　でもこの喜びを伝える術を、フェリシアは他に知らなかった。


　こうしてフェリシアとウィリアムは、慌ただしい日々を過ごすうちに、念願の結婚式当日を迎えた。

　ウィリアムからのサプライズもあり、式は大いに盛り上がる。

　最初は結婚式に興味もなかったフェリシアだったが、たくさんの人からの祝福を受け、やって良かったと晴天にも負けない晴れやかな顔で笑ったのだった。

第二章 ＊＊＊ 悪役令嬢その2ってなんですか！

盛大な結婚式が終わると、翌日から国を挙げての祝宴週間が始まった。

シャンゼルでは、この祝宴週間の最終日に親好国を招いた舞踏会を催す慣習があり、これをもって王族の結婚を他国に披露している。

フェリシアの異母兄であるアイゼンだけは、フェリシアとバージンロードを歩くために先に呼ばれていたが、基本的に他国の人間が入国できるのは、この祝宴週間のときだ。

どの国の誰を呼ぶか、これは王妃が選定した。

そして王妃はもともとシャンゼル出身ではなく、他国――クレイル王国の王女であったため、もちろん彼の国は呼ばれている。

初日から入国しているのも、そんな繋がりがあるからだろう。

今回の主役であるフェリシアとウィリアムは、彼ら他国の貴賓を迎えることも重要な仕事の一つだった。

「久しぶりだねウィリアム！　大きくなったなあ。君の噂は我が国にも届いているよ。元気そうで何よりだ。このたびは結婚おめでとう」

王宮の大広間でフェリシアたちが一番に出迎えたのは、クレイル王国のイングラム公爵である。

イングラム公爵はクレイル王国の王位継承順位第三位の王族であり、王妃の弟――つまりウィリアムの叔父にあたる人だった。

短く刈り込んだ口髭が最初に目につく、ダンディなおじさまという外貌だ。王妃と同じ長い黒髪を一つに束ね、かわいらしい赤色のリボンで飾っている。

こう言ってはなんだが、王妃からは想像もできないほど快活でフレンドリーな人だった。

ウィリアムは当然彼を知っているので、自然と熱い抱擁を受け止めている。

「お久しぶりです、イングラム公爵。公爵もお元気そうで何よりです。遠路はるばるお越しいただき感謝します」

「本当はクレイル国王が来られたら良かったんだがね。私で我慢してくれよ」

「滅相もありません。クレイル国王の右腕と言われる公爵に来ていただけて光栄です。さっそくですが、私の妻を紹介させてください」

妻、と呼ばれて、こんな状況なのにフェリシアの胸は小さく震えた。つま、妻。なんだか変な感じだ。慣れない響き。叶うなら、この胸に生じた照れくさいような嬉しいようなもどかしさを、口から吐き出してしまいたい。

が、ちゃんと気を引き締めて挨拶をする。

「初めましてイングラム公爵、フェリシアと申します。本日はわたくしたちのためにご足労いただき、ありがとうございます。どうぞ楽しんでいってくださいませ」

「こちらこそ初めまして。イングラム公爵ジェームズと申します。あなたのことはあまり情報がなかったものでね、会えるのを楽しみにしていた。とても綺麗な方だ。ウィリアムが羨ましいよ」

公爵は誰とも距離が近いのか、フェリシアにも抱擁を求めてくる。前世日本人かつ今世でもそんな習慣のなかったフェリシアは、内心で変な感動を覚える。

ぎこちなく応えようとしたところ、ウィリアムがすっと二人の間に入ってきた。

「そういえば、公爵夫人が見当たりませんが」

「ああ、これは失敬。紹介を忘れていたよ。妻は今回体調が優れなくてね。代わりに娘を連れてきたんだ。ロザリー、自己紹介を」

ジェームズに促されて前に出たのは、ビスクドールのように愛らしい女の子だった。

毛先が巻かれたツインテールを揺らしながら、彼女がカーテシーを披露する。

「お久しぶりですわ、リアム兄様。そしてお初にお目にかかります、フェリシア様。イングラム公爵の娘ロザリーです。このたびはご結婚おめでとうございます」

フリルがたくさんついた鮮やかな紫色のドレスを着ている。肌が白いから、濃い色は彼女にとてもよく映えていた。

猫のような大きくつぶらな瞳に、桃色の小さな唇。完璧なまでの美少女。

背がフェリシアより低く小柄であるため、見た目の年齢は十四、五歳に見える。けれどフェリシアの頭の中にある他国の主要貴族図鑑には、確か十六歳と書かれていたはずだ。

カーテシーのあと、ロザリーがふわりと微笑んだ。あまりの可憐さにフェリシアは胸を押さえる。

「事情はわかりました。公爵夫人に会えないのは残念ですが、ロザリーは元気そうで良かった。大きくなったね」

従兄妹である二人は、当然ながら面識がある。ウィリアムがそう話しかければ、ロザリーは兄を慕うような気安さで答えた。

「ええ。早く大人になれるよう、毎日頑張っているもの。そのうちリアム兄様も驚くほどの成長をしてみせるつもりよ」

「それは楽しみだ。でも君も身体が弱いから、あまり無理はお勧めしないけれどね。ではイングラム公爵、滞在いただく部屋へは使用人に案内させますので、またお時間のあるときにでも話しましょう」

「ああ、ぜひ」

男性二人がそう話している横で、フェリシアはロザリーから声をかけられる。

「フェリシア様、私、フェリシア様とたくさんお話ししたいですわ。お時間がありましたら、ぜひお茶会でもして、仲良くなれたら嬉しいです」

美少女に控えめにお願いをされれば、誰だって食い気味でこう答えるに違いない。

「もちろんですわ！　ぜひ、お誘いさせていただきます」

「本当ですか？　嬉しいです！　今日にでも？」

「きょ、うは……」

唐突な話に返事を詰まらせながら、フェリシアはすぐに脳内で自分の予定を確認した。

（今日は他にお客様を迎える予定はない。夜会はあるけど、その準備までの間なら——）

「いけますわね！」

拳を握って答える。

そのとき顔を綻ばせた美少女は、可憐なスイートピーそのものだったと、フェリシアはあとでジェシカと大いに盛り上がったのだった。


「フェリシア、ごめん。もう一度言ってくれる？　これから何があるって？」

イングラム公爵一行を出迎えたあと、フェリシアはさっそくジェシカにお茶会の準備をお願いした。

場所は、天気はいいけれどまだ少し肌寒いこともあり、王宮のメインガーデンを臨む応接間を選ぶ。

白と金を基調としたインテリアのため、アクセントとして温室に咲くピンクの薔薇を飾ってもらうようお願いもした。どうせならロザリーに合いそうなスイートピーが良かったけれど、あいにく王宮も自分も育てていない。

「もう一度ですか？　えっと、このあとイングラム公爵令嬢とのお茶会がありますので、申し訳ないですけど予定は空いてませんわ」

「なんで」

「えっ」

なんで？　まさか予定を訊かれてそんな返しが来るとは思わなかった。

ウィリアムが立て続けに問い詰めてくる。

「いつそんな予定が入ったの？　今朝までは空いていたよね？　だから私も、この時間は死んでも仕事を入れるなと脅し……いや調整したのに」

「誰を脅したんですの」

「おかしい。昨日結婚した新婚なのに」

「祝宴週間が終わるまではグレーゾーンですわよ」

「その言い方はやめよう。まるで悪い意味に聞こえる。さっき『妻』と紹介したとき、君も受け入れてくれたよ」

あれはタイミングを逃しただけだ。妻という慣れない呼ばれ方に気をとられ、訂正する機会を失っただけ。

シャンゼルの慣習に倣うなら、祝宴週間を終えて他国へのお披露目を済ませて初めて、シャンゼルの王族は夫婦と認められるらしい。

「教えてくれたのはウィルですわよ？」

「慣習はね、そうだけどね。式を挙げたのにまだ夫婦別の寝室というのが信じられなくて、雰囲気だけでも味わいたかったんだよ」

「ウィル……」

乙女か、と思ったのは内緒である。

ウィリアムが拗ねたように抱きついてきた。どうやら相当ショックだったようだ。彼のため息が頭上に落ちてくる。

「この慣習、今までは特に何も思わなかったけれど、撤廃しようかな」

「今撤廃しても私たちには無効ですわよ？」

「私とフェリシアの子どもが同じ思いをしないように、今から頑張ろうかな。どう思う？」

「気が早いですわ」

「ちなみにフェリシアは、子どもは何人欲しい？　希望があるならそのとおり頑張ろう」

「なんっ……今する話じゃありません！」

ウィリアムの背中をばしばしと叩く。ウィリアムは楽しそうに笑い声を上げた。

（また人を揶揄ってるわね!?）

　でも確かに、昨日結婚式を挙げたばかりにもかかわらず、二人は普段と変わらない――否、普段よりも忙しく、二人きりで甘い時間を過ごせるときはなさそうだった。

　それを見越したウィリアムは、わざわざフェリシアに合わせて予定を調整してくれていたらしい。

「まあ仕方ないか。また時間を見つけて来るよ。フェリシアがロザリーと仲良くなりたいなら、それを邪魔するわけにもいかないしね」

　こめかみに軽いキスが落とされる。それが彼の未練の表れだと思うと、なんだか悪いことをした気分になってくる。

　フェリシアだって、ウィリアムのそばにいたい気持ちは同じなのに。

（そうだわ！）

　そこで妙案を思いついた。

「じゃあウィルも来ますか？　お茶会。お時間があればですけど。ウィルにとっても久々に従妹と会えたんでしょう？　積もるお話もあるんじゃありません？」

　フェリシアは素敵なアイディアだと思った。最初にイングラム公爵親子を迎えたとき、二人の従兄妹は仲が悪そうには見えなかったから。

　しかしウィリアムは、眉尻を下げた微妙な微笑みを浮かべていた。

「うーん、これは信頼されていると喜べばいいのか、もしくは全く意識されていないと嘆けばいいのか、悩みどころだね」

「？　なんの話ですか」

「そうだね、たとえやましいことが何もなかったとしても、かつ不安にさせたいわけでもないけれど、全く不安に思われないのもまた辛いねって話」

「余計に意味がわからなくなりましたわ。つまりまた何か企んでるんですか？」

ウィリアムが大きく息を吐いた。なんで、とその姿を見て思う。

けれど、このときの彼の言葉をちゃんと理解していれば良かったと、フェリシアは後々悔やむことになる。

そうすれば対策も立てられたし、あれほど苦労することも、おそらくはなかったはずなのだから。

結局ウィリアムも参加することになったお茶会は、ロザリー、フェリシアを含め三人でテーブルを囲むことになった。

窓外には、王宮一の広さを持つメインガーデンが望める。

そこは季節に関係なく人々の目を楽しませるようにと、常緑針葉樹であるイチイを刈り込んだ見事なノットガーデンが広がっていた。

中心にある円形の噴水から、勢いよく空に向かって水が噴き上がる。

「まあ！　リアム兄様もご一緒してくれるの？」

かわいらしくお茶会の招待に対する礼を述べたあと、ロザリーはフェリシアの横に立つウィリアムを見て顔を輝かせた。

年下の女の子と接する機会が少なかったフェリシアは、そんな素直な反応を微笑ましく思う。

「そうだよ。これでも新婚だからね。妻とできるだけ一緒にいたいという健気な夫の抵抗かな」

外堀を埋める夫の間違いでは？　と危うく口にするところだった。

でも、そのとき頭の中に浮かんだ「夫」という言葉にもなんだか慣れなくて、口元をむずむずさせる。

（きっと実感がないせいね）

結婚したと言っても、二人はまだ寝室を別にしており、本来ならウィリアムの部屋の隣に引っ越すフェリシアは、まだ移動していない。

生活になんら変化がないせいで、実感するのもなかなか難しい。祝宴週間が終われば部屋の大移動もされるので、きっと実感を伴うのはそのときだろうと思っている。

「さあ、どうぞおかけください。ウィリアム殿下に訊いて、イングラム公爵令嬢の好きなものを用意してもらったんですよ」

テーブルには華やかな薔薇を装飾として、ロザリーの好物だというチェリーパイを中心に酸味のあるお菓子が並んでいる。

「嬉しいわ、リアム兄様！　私の好きなものを覚えていてくれたの？」

「そりゃあね。クレイル王国に行くときは、お土産として君にそればかりせがまれたから。おかげで私はシャンゼルの王都のどこにおいしいチェリーパイが売っているか、全て把握している男だよ」

「だってシャンゼルのもののほうがおいしいんだもの。意地悪を言わないで」

「意地悪ではないよ。逆にそれさえ持っていけば君の機嫌は良くなるから、悩まなくて助かっていたくらいだ」

「もう、やっぱり意地悪だわ」

ふふ、と二人が懐かしむように笑い合う。

なんてことはない、従兄妹同士ならよくある光景だ。フェリシアだって従兄のテオドールと話すときは、きっと同じような表情をしているだろう。

（…………？）

なのに、少しだけ胸がざわついたような気がして、内心で首を捻る。何か変なものでも食べたかしらと、その違和感を振り払うように口を開いた。

「イングラム公爵令嬢は、ウィリアム殿下のことを本当に慕ってますのね」

「はい。私、生まれつき身体が弱くて、家の中で過ごすことが多かったんですの。でもリアム兄様はそんな私に付き合ってくれて、よく本を読んでくれたり、勉強を教えてくれたりしましたのよ。その中でも特に、植物学がとっても面白かったわ！　実際にリアム兄様がお花を持ってきてくれて、次はどんなお花を見せてくれるのか、毎回わくわくした覚えがありますもの」

「え、植物学ですか⁉」

　フェリシアは前のめりに反応した。

「ではイングラム公爵令嬢は、植物に興味がおありで？」

　視界の端ではウィリアムが苦笑している。きっとまたフェリシアの暴走が始まったと思われているのだろう。

「え、えっと、植物というより、お花が好きですわ。リアム兄様が選んでくれる……」

「そうですか！　ではたとえば、どんなお花が好きですか？　花と言っても色々な子たちがいますものね。薔薇のように美しい子、向日葵のように元気な子……ちなみにわたくしはどの子も好きなんですけど、一番はすずらんですの。見た目はかわいいのに毒があって、一筋縄ではいかないところがとっても愛らしいと思いませんか？」

　ロザリーはぽかんと口を開けている。いきなり何を言っているんだこの女は、みたいな雰囲気が、その可憐な見た目に似合わず漂った。

　しかし気のせいだったのか、瞬きしたときには、やはり可憐な微笑がそこに浮かんでいた。

「ねぇ、フェリシア。水を差すようで悪いけれど、君の一番好きな花がすずらんだというのは初耳だよ。本当に？」

「あれ、言ってませんでしたか？」

「聞いてないね。好きなことは知っていたけれど、一番とは知らなかった。どうしてそんな大事なことを私に教えてくれなかったの？」

「特に話題にならなかったからかしら？」

　顎に指を当てて答える。「フェリシア……」となぜかウィリアムは項垂れていた。

　そんなことより、とフェリシアはロザリーに向き直った。

「嬉しいですわ、まさかロザリー様も植物に興味がおありだなんて」

「〝も〟？」

　ロザリーが訊き返してくる。

「はい！　わたくしも大好きなんです。わたくしの場合は、その中でも特に薬草や毒草に興味がありますわ」

「薬草と、毒草……」

「も、もしかして、そちらにも興味がおありで……？」

これはまさかの、趣味仲間が増えるチャンス？

期待を込めて見つめていたら、ロザリーが「いいえ」と首を横に振った。

「そういえばリアム兄様が教えてくれたのは、特に薬効のあるものが多かったと思い出しただけですわ。すずらんも、咲いていたのを見つけたからって、持ってきてくれたことがあって……。そう、そういう……だからあのとき、あんな顔を……」

ロザリーが過去を思い出すように俯いた。

フェリシアは少しだけ唇を尖らせて、ウィリアムに半目を向ける。

「殿下のほうこそ、そんな前から植物に興味があったなんて初耳ですわよ」

じゃあ今まで彼がフェリシアの相手をしてくれたのは、彼自身も興味があったからなのだろうか。だったらもっと早く教えてほしかった。そうすれば、なんの遠慮もしなかったのに。

「んー。フェリシアは、わからない？」

「何がですか？」

質問で返されて、フェリシアは戸惑う。

「私がフェリシアと初めて会ったのは、まだクレイル王国と行き来する前の話だ」

それはヒントだろうか。言われた言葉を噛み砕く。

つまり、ロザリーに色々と教えていたのは、フェリシアと出逢ったあとだということ。

「好きな女の子が興味あることだよ。そりゃあ頑張って自分も勉強するよね。それくらい、あの頃は必死だったんだよ」

優しく目を細められて、頭が意味を理解するより早く顔に熱が集まる。なんで今、そんな不意打ちを仕掛けてくるのだろう。卑怯だ。

「ちょ、ちょっと待って！」

ロザリーががたりと椅子から立ち上がった。

フェリシアは熱くなった顔を冷ますこともできず、そのままロザリーを振り返る。そのとき見えた眉のつり上がった顔が、一瞬、何かと重なって見えた。

「あ……急にごめんなさい。でもその、お二人は、失礼ながら、政略的なご結婚と聞いていたので、びっくりしてしまって」

「ああ」ウィリアムが軽く応える。

「政略的なことが全くないとは言わないけれど、きっかけは私の片想いだよ。フェリシアが王女であることに一番感謝をしたのは、おそらく私だろうね」

「か、片想い？　あのリアム兄様が？」

ロザリーが呆然と口走る。

その様子を不思議に思うフェリシアとは反対に、ウィリアムはいつもの笑顔で「ねぇフェリシア」と話しかけてきた。

「『あの』ってどういう意味だと思う？」

なんとなく面白がっている雰囲気を察したフェリシアは、じと目で返した。

「知りませんけど、そういうところじゃありません？」

「人をよく揶揄うところ？　でもこれは、フェリシアにだけだよ？　他の人間にはそうしたいと思うほど興味なんてないからね」

そんな特別感は誰も望んでいないのだが。

なのに愚かな乙女心は、彼が他の人間に興味なんてないと言ったことに喜びを感じている。

素直にそれを顔に出したくなくて、ムッとむくれてみせた。

「ふふ、だめだよフェリシア。私の前でそんな顔」

なのに彼は、こちらの複雑な葛藤すら甘美な褒美だと言わんばかりに愛おしそうに頬を緩める。

「そんなかわいい顔をされると、つい調子に乗ってしまうよ。いいの？　揶揄うのが癖になるかもしれない」

「それはやめてください。本気で」

断固抗議する。まさか最近よく揶揄われるようになったのは、すでに癖になっているからなのか。だったら至急どうにかしてほしい。

（そういえばウィルって、鬼畜の中の鬼畜だったわね）

近頃はこちらが赤面するくらい甘々な彼だったから、忘れかけていた。できればそのまま忘れさせてほしかった。

切り替えようと、紅茶を一口飲む。

ちょうど呆然自失状態から戻ってきたらしいロザリーが、少しだけ口角を歪めて訊ねてきた。

「では、どうしてフェリシア様は、リアム兄様のことを『ウィリアム殿下』だなんてよそよそしい呼び方をしてらっしゃるの？　想い合っているのでしたら、もっと砕けた呼び方をするものでしょ？」

「ロザリー、君は良いことを言うね。それは私も前から思っていた」

「ええ？　公私を分けているだけですよ？」

「フェリシアは真面目だね。ならこれからは、公の場では『わたくしの夫』と言わなければならないよ。結婚した夫婦はそれが正式な呼び方になる」

「そうなんですか？　わかりました。じゃあ祝宴週間が終わったあとは気をつけます」

ちょっと慣れないけれど、それが正式な呼称なら頑張ろう。

そう思ったのに。

「い、いいえっ。そんなことはないですわ。リアム兄様ったら、嘘は良くないわ。絶対にそうでなければならない理由はないもの。フェリシア様の呼びやすい呼び方でいいと思いますの。ねっ」

「ロザリー、それは要らない助言だった」

「なっ、また揶揄ったんですの⁉」

「揶揄うだなんて心外だ。私はただ、愛する人に『夫』と呼ばれたいだけで……」

ウィリアムは眉をハの字にしたかと思うと、いつもの仮面に悲痛さを織り交ぜて視線を落とした。なんとも罪悪感を誘ってくる、人によっては手を差し伸べたくなる表情だ。

何度この顔に騙されただろう。でも今は違う。彼の作る表情なら、だいたい見抜けるようになってきたフェリシアである。

「殿下、そんなわざとらしい顔をしてもだめですわ。しゅんとすればわたくしがなんでも許すと思ったら、大間違いですからね！」

ぎゅっと目を瞑って言い放つ。これだから自分の美貌を熟知している――かつ有効活用してくる人間は厄介なのだ。

「うん。そんなことを言いながらうっかり絆されないよう目を瞑る君が好きだよ」

「それ馬鹿にしてません!?」

目をカッと見開けば、彼は堪えきれないとばかりにお腹を抱えていた。

やっと笑いが落ち着いてきたあたりで、彼が「さて」と言って立ち上がる。

「私はそろそろ仕事に戻るよ。二人の交流を邪魔しすぎるのも良くないだろうし、何より私の勘が合っていれば、そろそろ口うるさい宰相がここに乗り込んでくるだろうからね」

名残惜しげに瞼を伏せ、彼はフェリシアの頭をひと撫でする。その手つきが癒やしを求めて動物相手にするそれと同じだった。

私は愛玩動物かしら？　と思わなくもなかったけれど、休みなく働く彼を知っているので抵抗せずに受け入れる。

ウィリアムが短く息を吐く。

「本当、なんで私は新婚早々仕事をさせられているんだろうね。本来なら祝宴中は免除されるはずなのに」

「殿下……」

頭を撫でるウィリアムの手が、さりげなく頬へと下りてくる。

「まだ本調子じゃない陛下の分まで仕事をして……当の陛下は自分の妻と仲良く過ごしているこの理不尽さ。別の意味で恨みそうだ」

フェリシアは返答に詰まった。それはなんとも反応のしづらいコメントである。

「だから、ね？」

ウィリアムが背中を折る。顔に影が重なった。

気づかないうちに顎に添えられていた彼の手に、フェリシアはいとも容易く上を向かされた。

「っ⁉」

「――……私にも、ご褒美はあっていいよね」

軽いリップ音が近くで鳴る。いや、近くなんてものじゃない。自分の口元で鳴った。鳴らされた。

けれどここにはロザリーもいて、フェリシアはなんの心構えもしていなかったのだ。

文句を叫ぼうとしたときには、ウィリアムはもう扉から出るところだった。


ウィリアムが仕事に戻ったあと、部屋の中には微妙な空気が漂っていた。

原因に心当たりがありすぎるため、フェリシアは身を硬くしてロザリーの反応を待つ。

なんの拷問だ、と内心で嘆いた。

ライラやジェシカの前でさえ、ウィリアムとの触れ合いにはいまだに気恥ずかしさを覚えているフェリシアだ。

なのに、それがまさか会って一日も経たない年下の女の子に、キスするところを見られ分である。
るなんて。神出鬼没のどこかの元暗殺者の如く、棚の中にでも入って隠れてしまいたい気
　それからどれくらいの時間が経っただろう。先にこの空気に耐えられなくなったのは、
フェリシアのほうだった。
「あの、イングラム公爵令嬢？　さっきはその、お見苦しいところをお見せしてしまっ
て……」
「──申し訳ありませんでした」
と消え入りそうな声で謝る。声が小さいのは、おもに羞恥心のせいだ。そこは許してほ
しい。
　そして諸悪の根源のくせにさっさと逃げたウィリアムには、あとで絶対に仕返しをして
やろうと心に決める。
　まだロザリーの反応が得られないため、とりあえず口を動かす。
「ウィ、ウィリアム殿下って、たまにああいうところがありましてっ。人を揶揄うのがお
好きというか、周囲を気にしないというか、そもそも鬼畜っていうか……！　だからえっ
と、昔からあんな感じだったんですかね⁉」
　あまりにも重い空気のせいで、特に訊こうとも思っていなかったことまで口から出た。
　これでも無反応だったらどうしようと思っていたが、やっとロザリーの口がわずかに動

く。

「……てない」

しかし、反応がもらえてほっとしたのも束の間、フェリシアは弛緩しかけた己の身体にすぐに糸を張り巡らせた。

なぜなら目の前のロザリーが、スイートピーのように可憐だと思った美少女が、今は爬虫類の如く恐ろしい顔をしていたからだ。

「そんなこと、聞いてないのよフェリシア・エマーレンス！」

「は、はいっ」

勢いに押されて反射的に応える。

一瞬後「え、聞いてないって何が？」と冷静になった。

（あれ、というか今、名前……）

完全に呼び捨てではなかったか。

「どういうことなのこれは。なに、なんなの最後のあれは⁉　解釈違いにもほどがあるわ！　あれが本当にリアム兄様？　あの、今まで頑なに、誰一人として女を近づかせなかった、あのリアム兄様っ？」

信じられない、とロザリーが親指の爪を噛む。

フェリシアはその様子こそ信じられないと唖然とした。隅に控えていたはずのジェシカでさえ――あまりにも怖かったのだろう――さっとフェリシアのそばに寄ってくる始末だ。

ちらりとロザリーの侍女を見やれば、動揺している様子はない。

ということは。

(こっちが本性ってことですか⁉)

あの可憐でかわいらしい女の子はどこに行ったのか。完全に行方不明になっている。

彼女は爪を噛むだけでは飽き足らず、苛立たしげに足まで鳴らし始めた。とても身体の弱い人間とは思えない仕草だ。

でも、フェリシアはどうしてか、そっちの彼女に既視感を覚えた。お茶会中にも感じた違和感だ。

眉間にしわを寄せ、かわいい顔も台無しにするほど嫌悪感を滲ませたその顔を、どこかで見たような気がしてならない。

「あなた、いったいどんな手を使ったの？」

「え？」

ロザリーの変貌ぶりに思考を飛ばしていたら、急に指先を向けられる。

「だってそうでしょ？　顔も、体形も、所作も！　平均よりは上かもしれないけど、探せばいそうな陳腐な女じゃない！　今までいくつもの縁談を断ってきたリアム兄様が選ぶほど、どこが優れているっていうの⁉」

好き勝手言われているが、それよりもちらつく記憶が気になって仕方ない。

それに、今までがあまりにもあんまりな生活を強いられてきたフェリシアにとって、ロザリーくらいのことは言われ慣れているので動揺もしない。

(むしろ他より評価がいい!)

なんて、少し嬉しがったのがいけなかったのだろう。ロザリーの眼光がさらに鋭さを増した。

猫なんてかわいいものではない。ワニや蛇を思わせる縦に長い瞳孔が、フェリシアを憎々しげに見据えてくる。


『――え、こわっ』

そのとき、耳の奥で誰かの声が響いた。

いや、聞き覚えがある。ありすぎる。だってそれは、前世の自分の声だったから。

『もう、お風呂上がりにびっくりさせないでよ、●●』

『えー、わざとじゃないもん。それよかお姉ちゃん、お風呂上がった? じゃあ次私入ってくるから、二章までゲームの続きやっといてよ。そんでお姉ちゃんもハマってね』

フラッシュバックするのは、前世の一幕だ。

ここ最近はほとんど思い出すこともなかった、もう終わったはずの物語。

『やるのはいいけど、たぶんハマらないと思うよ？　だってこれ、いつも話してる乙女ゲームだよね？　なんか恥ずかしくなっちゃうんだもん。てかあれ？　これって確か、前に悪役倒してウィリアムとゴールインしてなかったっけ？』

ざざ、ざざ。

ノイズのように頭の中に流れてくる。

『したよ～。でもこのゲーム、続編からは恋愛以外もメインに絡めてきててさ。まず1で攻略対象者を落とすでしょ？　んで、続編の2は、落とした相手によってシナリオが違うんだよね。もち私はウィリアム一筋だから、ウィリアムルートだとほら、前話したじゃん。魔物を使って王家転覆を狙ってた黒幕を暴くやつ。ヒロイン死亡ルートとかウィリアム死亡ルートとか、マジ鬼かよ誰得ってルートもあるけど、両想い後のシナリオなだけあって、かなりウィリアムが甘くて最高なの。マジおすすめ』

『そういえば、前にそのクリアしたスチルで泣きながら悲鳴上げてたっけ……』

『そりゃそうだよ！　お姉ちゃんも見たでしょ⁉　ウィリアムのあの照れ顔！　でねでね、その2をクリアした人にだけ用意されたのが、この特別編！』

前世の妹が自慢げに何かを見せてきた。ゲームの公式ホームページだ。

『特別編はね、瘴気の謎に迫るシナリオなんだけど、なんと！　クリアすれば攻略対象者と結婚できるの！　もうほんとやばくない⁉　どうしよう、もっと甘いウィリアムが見れちゃうってことだよ？　ウィリアムが旦那様とか最高でしかないじゃん。というか2をクリアしないとプレイさせてくれないって、ほんとこの制作会社は鬼畜か！　ま、ヒロイン死亡ルートの時点でわかってたけどねー』

『ふーん。なんかよくわかんないけど、とにかく制作会社が鬼畜ってことはわかった。じゃあ今画面に映ってる怒れる美少女も、その特別編の登場人物なの？』

『そうだよ～。しかもその子はね』

そこで前世の妹が、にんまりと口角を上げた。楽しげな、やっとここまで来たと言いたげな、ムカつくくらいのドヤ顔で。

『ロザリー・イングラム。公爵令嬢で、ウィリアムルートの特別編に出てくる――』

出てくる、なんだった。その続きを、妹はなんと言っていた。

記憶にある、ゲームの中のロザリーが、今目の前にいる彼女と重なっていく。

ざざ。ざざ。

画面の中のロザリーが言った。

『今までいくつもの縁談を断ってきたリアム兄様が選ぶほど、どこが優れているっていうの!?　政略結婚って聞いたから、あんたも私と同じだと思ってたのに……っ』

今度は脳内じゃない、鼓膜を通して声が聞こえる。

「まあいいわ。だったら、修正して当初の予定に戻せばいいだけだもの。知ってる？　シャンゼルの王族はね、法律的に側室が認められているの。あなたより私が愛されて、あなたをお飾りの王妃にしてあげるわ」

二人のロザリーが、同じように椅子から立ち上がり、派手な扇の先をこちらに向けて開いてきた。

挑発的に微笑むその姿は、まさに――

「『改めまして、未来の王妃様。リアム兄様の側室として、以後お見知り置きくださいね？　おーほっほっほ！』」

――典型的な悪役令嬢、その人だった。

第三章　私は本編の悪役ですから！

空にはまるで、フェリシアの心境を映したような分厚い雲が垂れ込めている。

その遥か下方でフェリシアは黙々と植物の世話をしていた。

野草園は順調に植物の種類を増やしており、彼らの世話ができるこの時間は、本来ならフェリシアにとって憩いの時間であるはずだった。

が、表情は今までにないくらいずーんと暗くなっている自覚がある。近くで手伝いをしてくれているジェシカが、こちらをちらちらと心配そうに窺ってくるほどだ。

それに気づいていながらも、フェリシアは気の利いた言葉一つ返す気力がなかった。

なぜなら。

（まさか、悪役令嬢が他にもいたなんて……）

スイートピーのように可憐だと思っていた美少女の、気の強い本性を知ったのは昨日のことだ。

どうりでロザリーの顔に見覚えがあると思ったわけである。しかも思い返せば、フェリシアの記憶のセンサーに引っかかったのは、外面のいい彼女ではなく、本来の気性の激し

い彼女が出てきたときだった。

前世の妹が散々苦しめられていた、特別編の悪役令嬢。

彼女はよくいる悪役とは少し違う。短絡的な嫌がらせは決してしない。さらに彼女は、ヒロインを追放にもデッドエンドにも追い込まない。

彼女の目的はただ一つ。ウィリアムの側室になること。

（なんで側室なんだっけ。王太子妃……未来の王妃という立場が面倒だからとか、そんな感じだったっけ。とにかく今わかってるのは、ロザリー側室エンドが、いわゆるバッドエンドだっていうこと）

前世の記憶を思い出した影響で、少しだけ口調が前世に引っ張られる。久々のこの感覚。

（ただ、なんだろう。側室エンドになると、他にも何かあったような……）

気がするのに、まだ完全には思い出せない。このバッドエンドには、確か二つの意味があったはずなのだが。

（でもやっぱり、一番気になるのはロザリーよ。ヒロインとウィルが政略結婚じゃないと知って、ゲームのロザリーも昨日の宣言をしてたわ……）

つまり。

（え、じゃあもしかして、今は私がゲームのヒロインポジションにいるってこと⁉）

それはまずい。非常にまずい。

ということはだって、選択を誤れば、ウィリアムをロザリーにとられてしまうということだからだ。

自分の好きな人を、他人と共有しなければいけなくなる。

それは。そんなのは。

「いや……っ」

「フェリシア様⁉ いきなりどうされました、大丈夫ですか？」

フェリシアが弾かれたように尻餅をついたものだから、様子を窺っていたジェシカがすぐに駆け寄って肩を支えてくれる。ライラもいればそうしてくれただろうが、彼女は今休憩中だった。交代で護衛をしてくれている男性騎士は、突然のことにどうしたものかと狼狽えていた。

その心境はフェリシアとて同じである。どうすればいいのかと狼狽えている。

これまでにも、ウィリアムに近づく女性はいないことはなかった。それは彼の老若男女問わず好まれるだろう美貌を思えば当然のことで、全く嫉妬しなかったと言えば嘘になる。けれど、それ以上にウィリアムが想いを口にしてくれるから、フェリシアは今まで不安に思ったことはなかったのだ。

でも、今回は違う。

彼を信じたいけれど、前世の記憶がどうしてもちらついてくる。そもそもこれは、彼を信じる信じない以前の問題ではないだろうか。

珍しくはっきりと前世を思い出せるのは、今回の舞台となっているゲームの特別編を、少しだけ妹の代わりにプレイしたことがあるからだろう。

「フェリシア様、お顔が真っ青ですよ！　ま、まさか何かの毒に？　ハッ、これ、このお花ですか!?　なんか見た目がちょっと毒々しいですし、こんなの前までなかったですよね!?」

ジェシカがフェリシアを守るようにその花の前に立った。威嚇のつもりだろうか、両腕を胸の前で構えてファイティングポーズをとっている。

「あの、待ってジェシカ。毒のせいじゃないから大丈夫よ。本当に、違うから……」

そう、毒のせいではない。フェリシアが今こうなっているのは、これから自分の身に起こるだろうことを知っているからだ。

最初の頃と違って、今回の特別編にデッドエンドはない。毒殺も刺殺も暗殺もない。そういう意味での不安はない。

しかし、側室エンドなるものがある。しかも自分が側室になるのではなく、悪役令嬢が側室になるエンド。

王太子妃になったヒロインは忙しさのせいでウィリアムとすれ違っていく中、悪役令嬢はそんなウィリアムを慰めて関係を深めていく。悠々自適の王宮ライフ。酷い話だ。

「ジェシカ、どうしましょう。私は初めて知ったわ。この世にピッピちゃんより恐ろしい棘があるなんて」

「え、ぴっぴ、え？」

「ピッピちゃんに刺されたように胸が熱くて痛いの。せっかく想いが通じたのに、こんなのあんまりだわ。制作会社を訴えたら勝てるかしら。恥も外聞も捨てて泣き喚いてやりたいわ」

「泣き……っ⁉　そ、そそそれはまずいです。殿下に見つかったら大事です！　ピッピちゃんってこのお花のことですか⁉　それなら私がなんとかしますので、部屋に、今すぐ部屋に戻りましょう‼」

「いいえ、それはアネモネよ。私は植えてないから、きっと種が風に運ばれて咲いたのね。アネモネにも毒はあるけど、ピッピちゃんは世界でも最強の部類に入る猛毒植物なの。その刺毛に触れて、数年間も激痛に苦しんだ人もいるんですって」

「触れません！　絶対触れません、そんな恐ろしい植物！」

「正式名称はギンピーギンピーよ」

「ピッピちゃんにしましょう！　そのほうがまだ怖くないです！」

「ええ、果実はかわいいのよ。透明感のある桃色の小さな丸い実でね、食べられるらしいんだけど」

「た、食べたんですか？」

「食べてないわ……まだ」

「まだじゃありません！　絶対食べないでください！　フェリシア様が死んじゃうのは嫌ですからね！」

ううっ、とジェシカのほうが涙目になっている。不安と心配でいっぱいだというような目で見つめられて、フェリシアは混乱していた心が落ち着いていくのを感じた。

同時に、今の自分にはこうして味方になってくれる人がいるのだと、じわじわと実感する。

ああ、なんて、心強い。一人でないということは。

前は一人だったから、逃げることでしかデッドエンドを回避する方法が思いつかなかった。

でも今は違う。ましてや以前のように、ウィリアムから嫌われているという勘違いだってしていない。

(以前は、私が邪魔者だったわ)

それが今回は、自分がヒロインの立場になるという、なんとも皮肉めいた逆転が起きている。

起きているからこそ、悪役が必ずしも成敗されるとは限らないことも知っている。

(悪役令嬢から見れば、私は変わらず邪魔者かもしれないけど)

けれど、今度は消えない。消えたくない。

簡単にウィリアムとの未来を諦められた前回とは違うのだ。

あのときは彼が頑張ってくれた。なら、今度は自分が頑張る番だろう。ウィリアムを逃さないため、自分があの手この手で彼を繋ぎ止める番ではないだろうか。

一陣の風が吹く。

ジェシカがギンピーギンピーと間違えたアネモネの花が揺れている。一本だけ。寂しそうに。真っ赤な花が。

赤色のアネモネの花言葉は〝君を愛す〟。

今まで花言葉までは覚えていなかったフェリシアだが、以前ウィリアムにカモミールの花言葉を教えてもらって以来、たまに花言葉も覚えるようになった。

一本だけぽつんと咲く愛の花は、まるで今のフェリシアのように愛の迷子になっているようだった。

「ねぇ、ジェシカ」

「は、はい」

「ここの一画に、他にもアネモネを植えましょうか。こんなところに迷い込んでしまったこの子に、仲間を増やしてあげましょう。赤、白、紫。色んな子がいれば、きっと寂しくないもの。きっと、頑張って咲き続けてくれるわ」

だってフェリシアにも、ジェシカのように自分を心配してくれる仲間がいる。

一人じゃないというのは、それだけで心を強くしてくれるから。

「だから私も、負けないように頑張らなきゃね。今度は逃げずに闘うって、今決めたわ」

ロザリーからも、自分からも、決して逃げない。負けない。

そうしてウィリアムに、彼が以前そうしてくれたように、今度は自分が溢れるほどの愛を伝えよう。

「そ、そんな、フェリシア様。闘うってまさか、ピッピちゃんとですか⁉」

「違うわ」

決心したそばから頓珍漢なことを言われて、フェリシアは思わず吹き出していた。

一人じゃないから、こうして笑うこともできる。

よし、と気合いを入れて立ち上がった。

垂れ込める雲を払う一本の矢のように、フェリシアは空に向かって人差し指を突きつける。

「これでも私だって元悪役。同じ悪役になんて、負けてやらないんだから。ウィルは絶対に、渡さない――！」

と、意気込んだのはいいものの。

特別編の悪役は、予想より遥かに上手だった。

善は急げと、ウィリアムの休憩時間を狙って会いに行けば、敵はすでにそこにいた。

「リアム兄様、お疲れのときは糖分が一番なんですって。私、許可をもらってお菓子を作ったの。いかが？」

ウィリアムはちょうど休憩に入るところだったのか、執務机にペンを置いた。ロザリーがその前に立ち、彼をお茶に誘っている。

フェリシアは慄いた。敵の手腕と迅速さに。手作りお菓子だなんてそんな、なぜ貴族のご令嬢が作れるのだ。お菓子は食べるものであって作るものではないと、お茶会で知り合ったとある令嬢は口にしていたというのに。

ロザリーの手に綺麗にラッピングされたクッキーを見つけて、フェリシアは彼女のポテンシャルの高さを知る。

（あ、あれは上級者が作るアイシングクッキー⁉　お花のデコレーションがされてる。やだかわいい。私が欲しい）

ではなくて。

（違う違う。私が絆されてどうするのよ！　でも片手間でも食べられるクッキーを選ぶなんて、なかなか手強い……！）

一方フェリシアが持ってきた差し入れは、集中力を高める効能を持つ精油である。いつもどおりハーブティーにしようかと思ったけれど、頑張ると決めたからにはいつもと同じではだめだと考えた。

けれど、これはなかなかどうして。すでに敗北感がすごい。

(本物恐るべし！)

フェリシアを安易に狙ってこないところも、彼女のできる悪役感が伝わってくる。

ゲームでもそうだったが、ロザリーは二人が政略結婚ではない意味をしっかりと理解した上で作戦を立ててくるのだ。

愛し合って結ばれた二人であるならば、安易にヒロインに手を出すことはしない。バレたときのリスクが大きく、何より、ウィリアムがそういう手合いに容赦がないことを熟知しているからである。

さすがは従妹。血の繋がりを半端なく感じる。採る作戦がなんだかウィリアムと似たものを思わせて、悔しいやら羨ましいやら、よくわからない焦燥感が募っていく。

「フェリシア？」

名前を呼ばれて我に返れば、執務机からこちらを見つめるウィリアムと目が合った。

彼が嬉しそうに立ち上がる。

「驚いた、いつのまに来ていたの？　すぐに声をかけてくれれば良かったのに」

フェリシアはすぐに笑顔を取り繕った。

「申し訳ありません。タイミングを逃してしまいまして。お疲れ様ですわ、殿下。休憩時間だと伺っていたんですけど、大丈夫でした？」

「もちろん。ちょうどロザリーも来てくれてね。父親に言われてご機嫌取りに来たらしい」

ウィリアムが肩を竦める。なるほど、そういう口実で訪ねてきたらしい。

「まあ、酷いわリアム兄様。確かにお父様のお使いもあったけど、従妹として心配もして来たのに」

「ではそういうことにしておこう。私の従妹は拗ねると怖いからね」

「もうっ、リアム兄様ったら」

若干間に入れない空気が漂う。身内同士ならではの空気感だ。

でも、従妹なら少しもおかしいものではない。そう、たとえウィリアムの態度が実の親に対するものより優しくて、砕けていたとしても、なんらおかしいものではない。むしろ彼は、諸事情で両親とは微妙な関係が続いている。

そのときウィリアムが、「そういえば」とフェリシアに話を振ってきた。

「フェリシアはどれくらい時間がある？　せっかく来てくれたんだ。もし時間が許すなら、すぐにティータイムの準備をさせるけど」

「いえ、そんな。嬉しいですけど、大丈夫ですわ。夜会の準備もしなければなりませんし」

「そう、残念。じゃあ少しだけ私の休憩に付き合って？　君と話すのが一番の息抜きになるからね」

さらりと告げられて、単純なフェリシアの心はそれだけで浮き立つ。

ただ、フェリシアはちゃんと認めていた。今回はロザリーの圧勝だ。自分よりも早い行動。手作りお菓子という難易度の高い差し入れ。

ウィリアムが誘ってくれたからといって、浮かれず、気を引き締めなければいけない。と、気合いを入れ直していたら、完全に出遅れてしまっていた。

応接用の革張りソファでは、気づけばロザリーがウィリアムの隣を陣取っていた。フェリシアにだけ見えるように、彼女が片方の口角を器用に上げる。

（あの子本当に年下!?）

そうとは思えないほどのやり手だ。おそらくウィリアムでさえ、自分がハニートラップ的な意味合いで狙われているとは気づいていないに違いない。

フェリシアだって、前世の記憶がなければ気づかなかったことだろう。それくらい、彼女はただ年上の従兄を慕う女の子にしか見えないのだ。

向かい合わせのソファに座る。

「ロザリー、クッキーありがとう。あとで食べるから、そこの男に渡してくれるかい」

ウィリアムが指差したのは、いつも剽軽なフェリシアの護衛、ゲイルだ。そういえば今日はまだ見ていないなと思ったら、どうやらウィリアムのところにいたらしい。

　ロザリーは数瞬悩んだようだが、言われたとおりゲイルにクッキーを渡している。クッキーに罪はないため、目の前で食べられないことにフェリシアは胸を撫で下ろした。

　ゲイルと目が合うと、彼はひらひらと手を振ってみせる。相変わらず自由な男だ。振り返すのも変なので、呆れたように口元だけで笑っておく。

「それで、フェリシアは？　その手に持っているのは、私への差し入れだと思っていいのかな」

「あ、はい。いつもハーブティーでは飽きるかもと思いまして、今回は精油を持ってきたんです」

　精油？　とウィリアムとロザリーの二人が首を傾げた。

　この世界では、精油よりも香水のほうが認知度は高く、それは前世でも同じだった。

「植物の花や葉、樹脂などからとれた天然のオイルのことですわ。知識だけはあったんですけど、今まで精製を試したことはなくて……。でも、精油の香りには様々な効能がありますから、きっと殿下の助けになると思ったんです」

「へぇ、天然のオイルか。面白いね。やっぱり植物のことは私よりフェリシアのほうが詳しいな」

「私も伊達に薬師を目指してませんでしたからね」

といっても、この知識は薬師には関係ない。どちらかというと前世の知識だ。しかしそれを言うわけにもいかないので、そういうことにしておいた。

「……ねぇ、フェリシア？　念のために訊くけれど、今は違うよね？」

すると、ウィリアムがやけに圧のある顔で微笑んできた。困惑しながら答える。

「え、ええ。そうですわね、今は――」

考えてませんわ、と続ける前に、クッキーを持ってどこかへと消えていたゲイルが、音もなくウィリアムの耳元に近寄ったのが見えた。

何かあったのだろうかと口を閉ざしたら、ゲイルがとんでもないことを告げ口する。

「大丈夫っすよ殿下。今は王女さん、殿下の薬師になりたいそうですから」

「……私の？」

すぐに心当たりを思い出したフェリシアは、その勢いで腰を上げていた。剽軽な男の口を止めるべく、彼の名前を叫ぶ。

「ゲイル！　それ以上言ったら怒るわよ⁉」

「えー、でもこれは事実ですし。俺、ばっちりこの耳で聞いちゃってますし」

「ゲイル、それは本当かい？　どういう意味で言っていた？」

「本当も本当です。えっとですね」

「ゲイル！」

今ここにライラがいないのが辛い。誰もゲイルを止められない。

いや、唯一止められるのがウィリアムだが、彼はむしろ聞き出そうとしている側だ。

「王女さん、前に王妃様に向かってそう啖呵を切ったんです。殿下の薬師になって、殿下を支えたいんだって」

「もうほんとお願いだからその口を閉じて、ゲイル！　トリッキーじゃなくてピッピちゃんを口に突っ込まれてもいいの⁉」

「いやトリカブトはまだわかりますけど、ピッピちゃんってなんすか」

最悪だ。ゲイルは全部言ってしまった。まるで過去の醜態を晒された気分である。

顔が他人様に見せられないほど茹っているのがわかるから、顔を両手で覆ってソファに沈んだ。

「ねぇフェリシア、今の本当に？　本当に君が、そんな嬉しいことを言ってくれたの？　王妃殿下相手に？」

指の隙間から見えたウィリアムは、期待に満ちた顔をしている。そんなキラキラと輝く笑顔なんて、かなり珍しいのではないだろうか。完全に誕生日プレゼントを買ってもらった子どものような無邪気さだった。

そんなずるい表情を見せられれば、フェリシアが「言ってません」なんて嘘を冗談でも言えるはずがない。良心がズタボロになるのは目に見えている。

それに、彼を繋ぎ止めるため、今度は自分が頑張ると決めたばかりだ。

覚悟を決めて、顔の前から両手を下ろす。深呼吸してから口を開いたとき。

「ごほっ――ごほっごほっ」

ロザリーが突然咳き込んだ。

「ロザリー、大丈夫かい？」

だんだん咳は強くなり、火が付いたようになる。

（そういえば、身体が弱いんだったわ）

おそらくこれがその症状なのだろう。

慣れているのか、ウィリアムは落ち着いた対応を見せている。

「ロザリー、大丈夫だよ、ゆっくり呼吸をして」

「ウィル、もしかして彼女、喘息持ちですか？」

「ああ。もう今はそれほど症状も出ないと聞いていたんだけれど」

「わかりましたわ。ゲイル、すぐに水を持ってきて。できれば常温のものをお願い」

フェリシアはゲイルに指示を出すと、発作を起こしたロザリーの許へ駆け寄った。

「気管支拡張薬は持ってますか？」

喘息の発作が起きた際、必ず使用する薬である。

フェリシアも作ってみたことはあるが、売ったことはない代物だ。材料にベラドンナという有毒植物を使用するため、薬師の資格がないフェリシアではそもそも法的に売れない。

ロザリーは弱々しく首を横に振った。

「でも大丈夫ですわ、すぐに治まるものですから。楽しくお話ししていたのに、ごめんなさい」

「そんなこと気にしなくていい。少しは落ち着いた？」

「ええ」

「なら良かった。君の侍女が来るまでここにいるといい」

「ありがとう、リアム兄様。でも私、あまりこんな姿、身内以外の人には見られたくなくて……」

ロザリーが控えめにお願いを口にすると、ウィリアムは訳知り顔で頷いた。

「フェリシア、申し訳ないけれど」

その続きが読み取れないほど、フェリシアの察する能力は低くない。でも、察しが悪ければ良かったと、人生で初めて思った。

なぜなら彼が遠回しに退出を促したとき、フェリシアは見てしまったのだ。ロザリーの頬が、わずかに上がったのを。

駆け寄って彼女の顔を覗き込んでいたフェリシアにだけ、見えた悪意。いや、見せられた悪意。

（もしかして今の、仮病……？）

確信はない。ないけれど、ロザリーは確かにフェリシアを見てほくそ笑んだ。

そのときの勝ち誇ったような顔は、完全にこちらを見下すもので。

身体が弱いことは、おそらく真実だろう。素人を騙すことはできても、長年医師を騙すことはできないはずだ。

だからこそ、厄介だと思った。

「……わかりましたわ。では、あとはお願いしますね、ウィル。ゲイルの持ってくる水で水分補給をさせてあげてください。痰が出やすくなりますから」

「わかった。本当にごめんね、フェリシア。ありがとう」

「いえ」

なんとか微笑を浮かべて、フェリシアは足早に執務室を出て行く。

（――どうしよう）

廊下を風を切るように進んでいく。

今、フェリシアは、己の敵の手強さを身をもって知った。

乙女ゲームの中でも一筋縄ではいかない悪役として描かれてはいたけれど、まさかここまで厄介な作戦を使われるとは思ってもいなかった。

（どうしよう、どうしよう。ゲームでも、あんなだった？）

細かいことは覚えていない。とにかくロザリーの嫌がらせは陰湿で回りくどいということだけ、フェリシアは覚えている。前世の妹がそう愚痴をこぼしていたからだ。

(病気を、盾になんて……)

いや、それとも、フェリシアの先入観がそう思わせているだけなのか。

フェリシアは医師ではない。だから、真実は見抜けない。

(ゲームの、バッドエンドは)

悪役令嬢ロザリーが、ウィリアムの側室に収まるエンド。

でも、そう。そうだったと、フェリシアは思い出す。

ゲームのバッドエンドは、ウィリアムの心変わりで迎えるものではない。病弱でどこにも嫁ぎ先がなかった従妹を不憫に思った彼が、従妹の願いを聞き入れることによって迎えるルートだった。

ゲームはロザリーが側室になったその時点で、終わりを迎えるけれど。

(現実は違う。死ぬまで続いていくもの。どうしよう、私、性格悪い)

たとえそのエンドが他者の目には美談に映ろうとも、フェリシアには到底耐えられるものではない。耐えられるはずがない。

愛する人に、自分以外の妻がいるだなんて。

考えるだけで吐きそうだ。

賓客用の棟に入る。自分の部屋がある居住区とは違う棟だ。このまま部屋に戻る気にはなれなかった。

（どうしよう、このままじゃ……っ）

フェリシアにとって、ロザリーのようなタイプは初めてなのだ。今まで自分に嫌がらせをしてきた人たちは、みんな自分に危害を加えようとする者ばかりだった。

だから、ロザリーもそういう手合いであったならば、難なく対抗することができただろう。

（でも、こういう場合はどうすればいいの）

人の心理を巧みに利用してくるような、こういう場合は。

下手をすれば、フェリシアが悪者にされる可能性がある。最悪、ウィリアムに愛想を尽かされることだってあるかもしれない。

ゲームでは、悪役令嬢の作戦にまんまと嵌まってしまえば、ウィリアムの好感度が下がるようになっていた。何も対策を立てなくても、好感度は下がっていく。

それが、バッドエンドへ向かう分かれ道。

「お兄様！」

フェリシアは目的の人物が滞在する部屋につくや否や、高速で扉をノックし、返事を待たずに入室した。

アイゼンは着替え中だった。

「お兄様、折り入ってご相談があります」

「その前に言うことがあるだろう、フェリシア」

「失礼しますわ」

「おい、この愚妹を今すぐ追い出せ」

アイゼンが本気で部下に命令を出すものだから、フェリシアはすぐに謝った。

「申し訳ございません。でも恥を忍んで伺いたいことがありますのっ」

「そなたが余に？　天変地異の前触れか？」

「今はお兄様の皮肉に付き合う余裕もないですわ……」

兄のアイゼンは、フェリシアの結婚式までは王妃のリカルタ宮殿に滞在していたが、結婚式を終えたあとからは王宮にて歓待を受けている。そのまま祝宴最後の舞踏会まで滞在する予定だ。

侍従に衣服を整えられて、ようやくアイゼンが話を聞く態勢になってくれる。

賓客用に用意されている部屋の中でも、アイゼンのここは一番広くて豪華な部屋だ。新婦の身内であると同時に、彼は大国の王でもある。当然と言えば当然の割り当てだろう。

暖炉を囲う真紅の三人掛けソファに、兄はゆるりと背を預けた。

「今日は会食がある」

「それで着替えておられたのですね」

フェリシアも暖炉の正面——アイゼンの斜め向かいにあるアームチェアに腰を下ろした。

アイゼンはそれを咎めない。ということは、言外に相手になってくれると匂わせている。

(さすがお兄様、そのツンデレはもう生来のものだったんですね)

フェリシアはこれまで、兄から散々嫌がらせを受けてきた。

けれど、それが本当はフェリシアを守るためだったと知ったのは、つい最近のことである。フェリシアを憎んでいた異母姉を刺激しないための策だったらしく、兄はずっとフェリシアを嫌っている演技をしていたという。

離宮に追いやったのも、姉から引き離すためだった。

といっても、予想以上にフェリシアが離宮生活を楽しんでいたので、さしものアイゼンも言葉を失っていたらしいとは、あとから人伝に聞いたことではあるのだが。

とにもかくにも、フェリシアは兄の真実を知ってからは、今までの時間を埋めるように、あるいは言葉にできない感謝を伝えるように、兄の許を訪ねるようになっていた。

兄もまた、口では嫌味を言うくせに無理やり追い払ったりはしないから、最近のフェリシアは兄を究極のツンデレ人間と解釈するようになっている。

「まったく、そなたに恥じらいがないのは生来のものか？　それともウィリアム殿が原因ではあるまいな？」

「？　殿下は関係ありませんわ。そもそも恥じらいといっても、お兄様ですし」

「……まあ後者でないならいい。で？　急になんだ。またウィリアム殿と痴話喧嘩でもしたか？」

兄は面白がって言ったのだろうが、今のフェリシアにそれは禁句と言ってもいい。

「喧嘩なんてしてません！　でも、愛想を尽かされるかもしれなくて……それでお兄様にご相談を」

「おい、一つ訊くが」

「なんでしょう」

「そなたは結婚式を挙げたばかりだと記憶している」

「ええ、そうですわね」

「ならばなぜすでに愛想を尽かされる心配をしている？」

そう言いながら、アイゼンは傍らに控える侍従に紙とペンを用意するよう指示していた。

「違うんです。ウィリアム殿下は何も悪くありません。ただこれは、そう、女の闘いでして」

「女の闘い」

「そうですの。ですからお兄様に伺いたいのは、男性の心を掴んで放さないためには、どうすればいいのかということです」

「本当に恥だったな」

「自覚してますから突っ込まないで！」

アイゼンが呆れたようにため息をつく。

「どうせそなたがまた勝手に愉快な思い違いをしているのだろうが……ふむ、これを機に、あの男にこれまでの仕返しをするのも悪くないか」

「え、お兄様？」

アイゼンが完全に悪い顔をしている。それはそれは楽しそうな、極悪顔だ。

「フェリシア」

「あの、本当にウィリアム殿下は関係ないので、男性の喜ぶことを教えてくだされば……」

「だからそれを教えてやる」

「えっ」

お兄様どうしたの神様？　とフェリシアは前のめりになる。

「そなたが本当にあの男を好いているなら、存分に頑張るといい――」

なんて、兄の助言を受けたのは間違いだったかもしれないと、フェリシアは早くも後悔し始めている。

なぜかって？　ウィリアムの機嫌が最高潮に悪いからだ。

「ウィル、笑顔が怖いですわ……」

事の発端は、祝宴の一環として招待を受けた夜会——その往路でのことだった。

祝宴の主役というプレッシャー以外に、フェリシアには緊張する二つの理由がある。

一つは、この夜会の主催者であるワイマーレ侯爵邸にて、麻薬と人身売買の証拠探しという任務があること。

もう一つは、兄の助言を受け、ウィリアムの心を繋ぎ止めるという任務があること。

ちなみに、祝宴最初の夜会があった昨夜は、二つ目はもちろんのこと、一つ目の任務もこなしていない。さすがに最初に参加する夜会は王家の次に地位のある公爵家と決まっており、幸いにしてそこはリストに載っていなかったからだ。

そうして今宵、二つ目の任務のため、フェリシアは兄の選んだドレスを着ていた。クロムグリーンのタフタ地を使用したドレスで、結婚式の攻防はいったいなんだったんだと言えるくらい、胸元の開いたオフショルダーネック。

元日本人の記憶があるせいで過度な露出は抵抗のあるフェリシアだが、ウィリアムの心を繋ぎ止めるため、自分の羞恥心は捨てることにした。

だって兄が言ったのだ。男は単純だからと。それはウィリアムにおいても例外ではなく、外見を飾ることは一種の恋愛におけるスパイスになるらしい。

『そなただってウィリアム殿がいつもと違う雰囲気を見せたとき、胸が高鳴ることもあるだろう？』

『ありますわ！』

思わず全力で返したフェリシアである。彼が変装で眼鏡をかけたとき、かっこよすぎて悶えたのは忘れない。

そもそも夜会は、結婚式と違い肌を見せることが礼儀とされている。はずなのだが。

「ウィル、そんなに似合ってませんか、この格好？」

ワイマーレ侯爵邸に向かう馬車の中。向かい合わせに座るウィリアムは、フェリシアのドレス姿を視界に入れて以降、いつもの笑顔を固定したまま一切喋らなくなってしまった。

危うく絵画と向き合っているような感覚を覚えそうになるが、絵画にしては漂わせてくるオーラが不穏である。

フェリシアが再度訊ねると、ウィリアムは「はぁぁぁ」と長いため息を吐き出した。

「似合ってないだって？」

まさか、と彼が何かを諦めたように鼻で笑う。

「似合っているよ。いつもと違って大胆にデコルテを開けているからか、普段のフェリシアのかわいさとはまた違った華奢で儚げな雰囲気が出ていて、本当に、見惚れたくらい、とてもよく似合っている」

「あ、ありがとうございます？」

じゃあなぜそんなに不機嫌なのか。褒められて嬉しいのに喜びにくい。

「でもね、フェリシア。なぜ君のそんな新しい一面を、その他大勢に見せないといけないの？　私はさっきからずっといかにして夜会の出席をキャンセルするか、そればかり考えてる。でも私自身はずっと眺めていたいから、もうこのままグランカルストまで馬車が走ってくれないかなとも本気で思い始めているくらいだ」

はあ、とウィリアムがまた悩ましげな息を吐く。

グランカルストはフェリシアの祖国であり、シャンゼルからはかなり遠い。それだけ長い間眺めていたいという意味なのだろうが、正直、予想外もいいところだった。まさか兄の助言がここまで役に立つなんて。

フェリシアはそっと顔を横に向けた。

「フェリシア？　ここで何も言われないと不安になるのだけど……もしかして、怒った？」

ぶんぶんと首を横に振る。

怒るわけがない。

むしろ——。

「こっちを向いて」

「む、無理です」

「フェリシア」

「無理なんです、本当に！」

そう言ったのに、ウィリアムは馬車の振動をものともせず隣に座り直す。

それから窓のほうを向くフェリシアの顔を、無遠慮に覗き込んできた。

「――ふふ。顔、真っ赤だね？」

「～だから無理だって言ったんですよ！　なのに見るなんて悪趣味ですっ」

「ごめんごめん。けど私の言葉で赤くなる君のことは、そりゃあ見たくもなるよ。私だって男だからね」

「……なんなのですか、もう。〝男だから〟って、男性には男性にだけ通じる法則か何かでもあるんですか？」

だって兄も言っていた。男は単純だから、と。

そんな法則性があるならぜひ教えてほしい。ウィリアムを繋ぎ止めるために活かしたい。

「まあ、そうだね。そんな法則なんてないけれど、男なんて大抵が単純な生き物だから」

「本当にお兄様と同じことを言いますのね……」

「え？　あの義兄上が？　同じことを言ったの？」

ウィリアムがくすくすと笑っている。ちょっと馬鹿にしていそうな感じはするものの、なんだか親しげな笑みだった。

彼らは仲が良いのか悪いのか、いつも判断に迷う。

「言ってましたわ。男は単純だから、このドレスでウィリアム殿の心も摑めるだろうって」

「え、ちょっと待ってフェリシア」

途端、ウィリアムの顔から笑みが消える。

「そのドレス、つまり義兄上が選んだってこと？」

「そうですわよ。男性のことは男性に訊くのが一番だと思いまして」

「うん、そうだね。そこで義兄上を選んでくれて本当に良かったけれど――でないと君に頼られた男をどうするか検討もしないといけないところだったけれど」

それは切実にやめてほしい。だから彼にアルフィアスのことを話せないのだ。

フェリシアが以前に頼ってしまったアルフィアスの存在を、ウィリアムも知らないわけではない。

が、それが誰なのか、名前まで彼に教えられないのは、アルフィアスの身を慮った結果だった。

「え？　じゃあなに？　私は義兄上に好みを把握されているってこと？」

いつのまに、と深刻そうに彼が呟く。

フェリシアも驚いた。そう言うということは。

「好みですの？　これ」

そういうことになるのだろうか。

「……いや、わからないな。そう言われるとフェリシアは何を着ても似合うから、甲乙つけがたいところがある」

彼が真剣な表情でそんなことを言うものだから、フェリシアは反応に困ってまた窓の外に視線を逃がした。

まだ夜会は始まってもないのに、なんだかごっそりと体力を削られた気分である。

「でもそう、義兄上が選んだのか……」

ウィリアムのひとり言が聞こえてきて、気になってちらりと盗み見れば、彼は珍しく眉間にしわを寄せていた。

「それはそれで気に食わなくなってきたな。この形のドレスだって、義兄上が選んだというなら悪意しか感じない。まさかとは思うけれど……」

フェリシア、と名前を呼ばれて、うっかり返事をしてしまう。

「まさか義兄上は、このドレスを君に渡すか選んだとき、私への仕返しについて言っていなかったかい？」

「！　い、言ってましたわ」

確かに言っていた。これまでの仕返しをするのも悪くないと。

しかしどうしてそんなことがわかるのだろう。フェリシアはひと言だって仕返しうんぬんについては口にしていないはずなのに。

（え、怖い。これも男性だから通じるものなの……？）

だというのなら、男性という生態が謎すぎる。

そしてウィリアムとアイゼンの仲も謎すぎる。

（以心伝心？　みたいな？　まさかお兄様まで恋敵じゃないわよね？）

なんて、あとで本人たちが聞いたらめちゃくちゃ怒られそうなことを本気で考えてしまったフェリシアである。


やがて馬車はワイマーレ侯爵邸に到着し、フェリシアは気を引き締めて己の役目に集中することにした。

今回の潜入調査は、以前の視察とは違い、最初からウィリアムと一緒だ。緊張はしていても以前ほど恐怖を感じないのは、きっと彼が隣にいるおかげだろう。

「今夜はお招きいただきありがとうございます、ワイマーレ卿。妻のフェリシアです」

飽きずに無駄に「妻」を強調される。どうやら彼はそれを押し通すことにしたらしい。

フェリシアは諦めて微笑んだ。

「ご紹介に与りましたフェリシアです。ワイマーレ卿とは初めてお会いしますが、侯爵夫人とは何度かお茶会でご一緒させていただき、とても親切にしていただきましたわ。こうして卿にもお会いできて光栄です」

「おお、そうでしたか。妻からも王女殿下についてはよく聞いております。数ある夜会の招待から当家を選んでくださったこと、まずはお礼申し上げましょう。さっそく会場の広間にご案内します。どうぞ」

促され、ウィリアムとともにワイマーレ侯爵夫妻の後ろについていく。その後ろ姿をじっと観察するけれど、今のところ彼らからは犯罪の匂いが全くしない。

（どちらかというと、するのは香水の匂いね。離れてても香ってくるわ。なんだか独特な……少し青臭さも混じってるような）

それがふと、知っている匂いのように感じて、まさか大麻ではと勘ぐった。けれどとにかく香水がきつくて判然としない。

年齢が上の人ほど体臭を隠すために香水を振りまくから、体臭と混ざった匂いだと言われればそれまでだ。

それに、それ以外の第一印象で特段悪いところもない。

どころか、本来であれば招待を受けた客から主催者に挨拶をするのが一般的なところ、彼らは玄関ホールでフェリシアたちを出迎えてくれた。あくまでこの祝宴週間中の主役はフェリシアたちなのだと、その行動でこちらを立ててくる気遣いまで完璧だ。

一応、養護院から押収した関係者リストには、ワイマーレ侯爵の名前があったらしいけれど、本当にこの方たちが？　とフェリシアは少し疑ってしまう。

それを見透かしたように、ウィリアムが耳元で囁いてくる。

「虚像に騙されてはいけないよ。人が本性を現すのは、極限状態に陥ったときと、権力を握ったとき、そして酒に酔ったときだ」

つまり、それ以外は疑ってかかれということだろうか。

ちらりと視線だけでウィリアムを見上げると、彼はにこりと笑ってみせた。なるほど、良い例がここにいたわね、とその仮面を見て思う。

（でもそうよね、悪事を働いている人が、あからさまにそれを表に出すはずがないわ。それにワイマーレ侯爵はまだ現役……適齢の息子がいるにもかかわらず、家督を息子に譲っていない）

貴族図鑑によれば、侯爵はもう五十歳をとうに過ぎている。他の貴族であれば自分の子どもに家督を譲り、自分は悠々自適の身となっている頃だろう。

ということは、それだけ侯爵自身の能力が高く、かつ侮れないということだ。

フェリシアはウィリアムの目を見つめたまま、ゆっくりと頷いた。

そこに警戒心が戻ったのを見て取ったのだろう、ウィリアムもまた頷き返すと、彼は前に視線を戻す。これだから彼が隣にいるのといないのとでは安心感が違うのだと、改めて思わされる。

さあ初の大仕事頑張るぞ、と気合いを入れ直して、フェリシアは案内された広間へと足を踏み入れた――。

が、結果を先に明かすなら、フェリシアとウィリアムは、ワイマーレ侯爵邸で目当てのものを見つけることは叶わなかった。

麻薬や人身売買と教会を結びつける証拠はもちろんのこと、彼ら自身が犯罪に関わっているような証拠も見つからなかった。

念のため侯爵から香った独特な匂いのことは伝えたが、もちろん証拠にはならない。

悔しい思いだけを残して、フェリシアのその日は幕を閉じたのだが――。

その翌日、フェリシアは王宮の自室で、テーブルを挟んでゲイルと向かい合っていた。

起床してすぐ、彼が例によって勝手に天井から落ちてきたからだ。

まあ、たとえそうでなくとも、フェリシアはこの神出鬼没な男を呼び出すつもりではいたけれど。

というのも。

「よくよく考えれば、夜会の最中に証拠探しって、なかなか難易度の高いミッションだと思わない？」

昨夜の夜会での調査が失敗に終わったときふと感じた疑問を、他の人間ならどう思うか聞いてみたかったからだ。

「あー、そうですね～」

「だって私たちは主役よ？　それはもうひっきりなしにみんながお祝いの挨拶をしに来てくれたわ」

「あー、ですね～」

「でもそんなこと、あのウィルが予想していないはずがないと思うの。証拠が見つからなかったことにもそこまで悔しそうな感じがしなかったし、何か変だわ。どう思う？」

「あー、そうですね～」

ここでフェリシアは、目の前でばくばくとお菓子(かし)を頬張(ほおば)るゲイルを半目で睨(にら)みつけた。

「ちょっと、聞いてる？」

「聞いてますって。これが王都で今一番人気の焼き菓子店のフィナンシェでしょ、こっちが王都で今一番行列ができるという店の新作チョコレート。んでこれが、今他国でも人気を博しているという店の期間限定スコーンですよね」

「全然聞いてないじゃない！」

誰(だれ)がテーブルに並べられたお菓子の紹介をしろと言った。しかもフェリシアに断りなく、次々と口の中に入れていくものだから、もう呆(あき)れて何も言えなくなる。

「いやほんと、朝からこんなお菓子三昧(ざんまい)で大丈夫(だいじょうぶ)ですか？　太りますよ？」

そもそもこれらは全て、フェリシアへのお祝いの品なのだ。といっても、もちろんお菓子がお祝いの品の本体ではない。お菓子はそれについてくるおまけのようなものだ。

量が多すぎて計画的に消費しないと腐ってしまうから、こうして朝食の代わりに食べることにした次第である。


「いや〜、どれもおいしかったです！」

「……見事に全部つまんだわね。どういう食べ方してるのよ」

「はは。まあいいじゃないっすか。で、なんでしたっけ？　殿下がこのお菓子より甘くて食あたり起こしてる話でしたっけ？」

「本当に聞いてなかったのね……」

がくりと肩を落とす。掠りもしていないそれに、もはや怒りは沸いてこない。

「もういいわ。とにかく本題よ。二つあるから」

二つ？　とゲイルが首を傾げる。

「一つは先に話したとおりよ。夜会の最中に証拠を探すなんて難しいこと、あのウィルがなんのリスクも考えてないわけがないって話」

「あー、うーん、そうですねぇ……それはまあ、別に殿下に任せておけばいいと思いますよ。それにほら、考えすぎるとハゲるって言いますしね！」

「余計なお世話よ！」

「ちょっと!?　なんで今そんなこと言ったの!?」

「それでそれで？　二つ目はなんですか？」

「なんでそんなさっさと話を終わらせようとするのよ！　あなた私の悩みを軽く扱いすぎよ!?」

「まあまあ。いいじゃないっすか。それで？」

どうやら本気で一つ目の相談については取り合うつもりがないらしい。口から出そうになる文句をなんとか呑み込んで、フェリシアは二つ目の悩み――どうやってウィリアムの心を自分に繋ぎ止めておけるか――について打ち明けることにした。

フェリシアにとっては、こちらも重要な任務だ。

「二つ目はね、本当はお兄様の許にもう一度突撃しようと思ったんだけど、今日は予定があるらしくて捕まらないの。だから次はあなたの番よ、ゲイル」

「え、ちょっと待ってくださいよ。次は俺の番？　何その不穏な順番。王様の次とかなんか怖いんですけど。復讐でもする順番ですか？」

「復讐って……される心当たりでもあるの？」

呆れて訊き返す。自分の与り知らぬうちにまた何かしたのだろうか、この元暗殺者は。

彼は今でこそ暗殺の仕事を請け負っていないけれど、裏の世界と完全に縁を切ったわけではない。

おそらくそれはウィリアムによる指示なのだろうと、見当はつけているけれど。

「まーあ？　そりゃあ俺ですからね。ないとも言えないというか？　逆にこれまで一切王女さんが触れてこないことに、これでも俺、最近はちょっと複雑な心境というか？」

間延びした、なんだか煮え切らない話し方だった。

フェリシアは、テーブルに並んでいるお菓子に視線を落とす。どれもこれも有名店のお菓子ばかりだ。甘いものは嫌いじゃないフェリシアは、限度はあれど、もちろんありがたく食べるつもりだった。

それを全て中途半端につまんだ犯人は、目の前でへらりと笑う男である。

「複雑な心境って、あなたが？」

「え、酷い。これでも俺、心は結構繊細なんですよ？　取り扱い注意ですからね？」

「じゃあこれは、せめてもの罪滅ぼしなのかしら？」

そう言って、フェリシアはお菓子の食べかけを指差した。

ゲイルがわかりやすく視線を逸らす。

「私に毒は効かないわよ？」

「あー……」

「それに、前にも言ったと思うけど、私は別にあなたを恨んでなんかいないわ」

フェリシアがここシャンゼルに来て間もない頃、財務大臣の陰謀の一つとして、毒を盛られたことがある。そのときの実行犯が、財務大臣の依頼を受けた暗殺者ゲイルだった。

その後、紆余曲折あって、彼はフェリシアを狙う対暗殺者用の護衛となった。

適当なところはあるものの、ちゃんとフェリシアを守るために活躍してくれている。

「イラッとすることは多いけど、なんだかんだあなたには助けてもらってるもの。気兼ねなく趣味の話もできるし、負い目を感じる必要なんてない。今さらよ」

「うっ。最後のはぐさっときますね」

「だって本当のことじゃない」

「まあそうなんですけどぉ。それにしたってこんな、誰から贈られたかわからないものを、そんな無防備に食べようとしなくてもいいじゃないですか。俺が言えた義理じゃないっすけど」

「もしかして、だから急に毒味なんてしたの？」

「余計なお世話みたいでしたけどぉ」

「なあに、ゲイル。そんなに心配してくれるなんて、もしかして私に情でも湧いた？」

「はっ!? いやいやそんなっ……俺まだ死にたくないですしっ!?」

「でもそうね、もうあなたともそれなりの付き合いになるもの。長く一緒にいればいるほど情は生まれやすいって言うし、いい傾向なのかしら？」

「あ、情って、そっちの情ね……」

「なら、思う存分複雑な心境になるといいわ！　そのほうがきっと、あなたも戻(もど)りにくくなるでしょうしね？」

そう、裏の世界に。元の古巣に、戻りにくくなる。戻れなくなる。

そうしていつか、ただのゲイルになればいい。

「ただし！　もう毒味は必要ないから。二度とやらないこと。あなたは毒味の仕方が下手なのよ。基本はもっと小さく齧(かじ)るのに、こんなふうに豪快(ごうかい)に毒味する人間なんて見たことないわ。死んでからじゃ遅(おそ)いのよ。これは命令ですからね！」

それで？　と、話の途中(とちゅう)から両手で顔を隠(かく)してしまったゲイルに、フェリシアは意地悪く目を細めて訊(たず)ねた。

「おいしかったの？」

ゲイルは顔を覆(おお)い隠したまま。

「……さっきそう言ったじゃないっすか」

囁(ささや)くような声で答える。彼の耳がほんのりと赤い。

「ふっ、ふふふ。ゲイルあなた、そんな小さな声も出せたのね！」

「あーもうっ！　仕方ないじゃないですか！　これでも気づかれないように食べてたんですよ。ばくばく食べてたのはそのせいだっていうのに、なんで気づくかなあ！」

「なんでって……勘(かん)？」

「ほんっと、今ほど殿下の気持ちに共感できると思ったことないです。こういうことにはなんでそんな無駄に勘がいいんすか。俺マジで殿下を尊敬します」

「なんでそこでウィルなの？　おかしいわ。私は？」

「王女さんはっ……――趣味仲間っすね」

ぼそりとゲイルが言う。

フェリシアは満足げに、満面の笑みで笑った。

「そうよ、わかってるじゃない」


――で。とフェリシアは話を戻した。

「男性の喜ぶことよ。なんでもいいから知恵をちょうだい。経験がなさすぎて全然わからないの」

「経験があったら殿下がキレそうなんで、そこはなくて良かったんじゃないですか」

「でも現に今困ってるのっ。お兄様のドレス作戦は成功なんだか失敗なんだか微妙なところだったから、今度こそウィルの心を鷲掴みにする作戦を……！」

「はあ。まあ男なんて単純なんで、王女さんくらいの美人に『離れたくない』とか『愛してる』とか言われたら大概イチコロっすよ」

「……ねぇ、その『男は単純』方程式は、もう男性であるための必要不可欠な何かなの？

みんな口を揃えるようにそう言うけど」

「みんなって？」

「ウィルとお兄様」

「なんだ、殿下も言ってるなら、やっぱりそれで問題ないっすよ」

ゲイルは行儀悪くソファに上げた足を組んで、付け足した。

「そうですね～。あとはシチュエーションも大事ですね。夜、二人きりで～」

ふむふむ。頭の中にメモをしながら復唱する。

「夜、二人きりで」

「軽く酒を飲んで～」

「お酒を飲んで」

「火照った身体を押しつけて！」

「火照った身体を……」

続けようとして、「ん？」とその意味に気づいた。

「ゲイル！　私は真面目に訊いてるの！」

「俺だって真面目に答えてるじゃないですか！」

「どこがよ⁉　だいたいそんなわかりやすいハニートラップみたいなこと、ウィルが怪しまないわけないでしょ⁉」

彼に気づかれたら元も子もない。摑めるものも摑めなくなってしまう可能性だってある。

「いいや、殿下なら気づいた上であえて乗ってくれます。なんならこれ幸いとイチャつきますよ、絶対に!!　俺それを邪魔して死にたくないんで、作戦決行のときは言ってくださいね。近寄らないんで！」

「なんの宣言よそれはっ！」

結局ゲイルには逃げられたため、フェリシアは前世の記憶も掘り起こして作戦を立てることにした。

今夜も夜会の招待を受けている。今夜のホストは昨夜と同様侯爵家ではあるけれど、家格的には今夜のほうが一つ下だ。

昨夜の調査失敗を挽回するため、今宵のフェリシアは気合い十分と言ってもいいくらいやる気に満ちている。

また自分にだけ課せられているもう一つの任務についても同様だ。兄から受けた助言「新鮮さアピール」を取り込んだ深い赤色のドレスを着て、髪も編み込んでもらっている。これなら調査のときにも髪が邪魔にならないし、深い赤色のドレスは、鮮烈な赤よりは目立たない。またドレスそのものがデザイン性の高いものであるため、調査のとき邪魔になる装飾品も身につけなくて済む、怪しまれない程度に動きやすい、もってこいのドレスだった。

それに、ジェシカが出してくれたドレスの中でこれを見たとき、その色からふと野草園に迷い込んだアネモネを思い出したのだ。これも何かの縁かもしれないと、あの愛の花の力を借りてみることにした。

(調査は夜会の中盤から。だからそれまでが、私の戦いよ)

調査中はさすがにそっちに集中するため、それまでが乙女ゲームのバッドエンドを回避するために奮闘できる時間となる。

(前々からウィルは、もっと甘えてほしいって言ってたものね)

だから夜会の序盤から、フェリシアはさっそく仕掛けるつもりだ。

本当は調査と並行してではなく、昼間にウィリアムの許を訪ねられたら良かったのだが、彼もフェリシアもそれぞれの役目に追われて休憩時間が重ならない。

(だからもう仕方ないのよ。人前で恥ずかしいなんて言ってられないわ。恥ずかしがってウィルをとられるほうが、絶対に嫌だもの)

一生の後悔より、一瞬の恥。

彼の求める〝甘える〟ことも精一杯やってみせよう。

と、意気込んだところで問題が。

いざその作戦を実行しようとしたとき、緊張して何をすればいいのか一つも浮かんでこなかったのだ。

(あ、甘える。甘えるってなに？　何が甘えることになるんだっけ？)

頭がぐるぐるする。そういえば今まで意識して甘えたことがなかったフェリシアは、何が彼の求める〝甘え〟になるのかを知らなかった。

〝頼る〟ということもそうだけれど、そもそもウィリアムの思うそれとフェリシアの思うそれとでは、感覚も大きく異なっている。

フェリシアは今でも十分ウィリアムを頼りにしているけれど、彼にとってはまだまだ頼ってほしいのだということは、最近教えられたことである。

(えぇっと……たとえばあれかしら、デートしてほしいとか、ぎゅっと抱きしめてほしいとか、キ、キスしてほしい、とか？　〜〜ってだめだめ！　そんなの羞恥心以前の問題よ！　人前ですることじゃないわ！)

なんて頭を混乱させていたとき、すぐ近くで女性の甘い声が聞こえてきた。

「あっ。ごめんなさい。人が多くて、酔っちゃったみたい。助けてくれてありがとう」

どうやら躓いた女性を男性が受け止めて助けたようだ。

「ふふ。リアム兄様ったら、また一段と逞しくなられたのね。私、兄様に支えてもらうのが一番安心するわ」

「そう？　でも気をつけてね。いつでも支えてあげられるわけではないから」

「まあ、意地悪。男性ならそこは『いつでも支えてあげるからもっと安心していいよ』と嘘でも言うところよ」

すぐ隣で繰り広げられた光景に、フェリシアは目を剥いた。

「ろ、ロザリー……!?」

「え？」

「──様！　ロザリー様、ご、ごきげんようっ」

まずい。驚きすぎてつい内心の呼び方で呼んでしまった。慌てて取り繕うように挨拶をする。

「ロザリー様もこの夜会に出席なさっていたなんて、知りませんでしたわ。ご挨拶が遅れて申し訳ありません」

一度呼んでしまったものは仕方ないと、強引に名前呼びスタイルに変えようとしたところで。

「ねぇ、いつから人のこと名前で呼んでいいって言った？」

にこやかに近づいてきたロザリーに小声で脅された。

「す、すみません。つい……」

「まあいいわ。今から元に戻しても怪しまれるだけだもの。それに、あなた意外と大したことなさそうだし？」

え？　と浮かんだ疑問は、すぐに解消された。

「ねぇ、リアム兄様。私、夜会なんて滅多に参加できないから、勝手がよくわからないの。ダンスは女性から申し込んでもいいものなの？」

ロザリーが甘えるようにウィリアムの腕に絡みつく。

そういえばさっきも、躓いたロザリーを抱き留めたのはウィリアムだ。

その腕を、その胸板を、逞しいと、安心すると、彼女は褒めていて。

でもそれは、フェリシアだけが知る、知ることのできる、彼の意外な一面だったはずだ。

彼は中性的な美貌から文官タイプだと思われがちだけれど、本当はある程度の敵なら一人でも倒せるくらい強い人である。

フェリシアだってそれを知ったのは、彼と想いが通じて、彼に抱きしめられるようになってからの話なのに。

それを、自分以外の女性も知っているだなんて――。

「ダンスは受付でもらったカードを使うんだよ。そこに踊る相手の名前を書くんだ。基本的には男側から申し込みがあるから、ロザリーが気に入った相手と約束をして、カードにその男の名前を書くといい」

「ふうん、そうなの。じゃあ、リアム兄様の名前を一番に書いてもいいのね？」

「うーん」

ウィリアムは苦笑している。

それだけでフェリシアにはわかってしまった。彼はその申し込みを受けるだろう。

女性側からの申し込みはマナー違反ではないけれど、はしたないと忌避されている。それに加えてここでウィリアムが断ってしまったら、ロザリーの名誉に傷がつく。

ウィリアムは、近しい者以外には紳士的な王太子を演じている。

そして病弱だという従妹には、他より心を砕いている。

それらを合わせれば、彼がここで断ることはないだろう。彼は敵に容赦がないだけで、そうでなければ優しい人なのだから。

「仕方ないな。今回だけだよ？　もし少しでも体調が悪くなりそうだったら、途中でもやめるからね？」

「ええ！　ありがとう兄様！」

「ということで申し訳ないけれど、フェリシア、少しだけここで待っていてくれる？」

「あ……」

「すぐに戻ってくるから、一人で行動しないでね」

それはきっと、調査のことを言っているのだろう。一人で屋敷内を捜索しないでねと。

ウィリアムがロザリーに手を差し出す。そこに嬉しそうに自分の手を重ねるロザリーが、ちらりとフェリシアを振り返った。

勝ち誇った笑み。遠ざかろうとする背中。

それを見た瞬間、フェリシアは自分でも意図せず、ウィリアムのテールコートを摑んでいて。

「フェリシア？」

ハッと我に返る。その拍子に摑んだ手も離してしまう。

意識した上でもう一度摑むには、フェリシアの中の常識が邪魔をした。

「ご、ごめんなさい。なんでもないの。それより曲が始まってしまうから、いってらっしゃい、ウィル」

彼を愛称で呼んだことが、今のフェリシアにできる最大限の〝甘え〟だった。

彼は何か言いたそうに少しの間フェリシアを見つめていたけれど、曲が始まってしまったために渋々とダンスホールに行ってしまう。

今までだって、彼が他の女性と踊っているところを見てこなかったわけではない。それこそ王太子という立場上、それは仕方のないことだろう。

それでも、それがこんなにも嫌だと思ったのは初めてのことだった。

たぶんそれは、フェリシア自身わかっていたからだ。そういうときの彼が、他の女性と距離を置くようにいつも以上に笑顔の仮面を厚くしていたことを。

彼がフェリシアを不安にさせないよう、そうしてくれていたことを。

頭じゃない。心で感じ取っていた。彼のその気遣いを。

けれど、ロザリーは今までの女性とは違う。彼女はウィリアムの身内で、幼い頃からの付き合いだからか、彼が隔てる壁がいつもより何倍も低い。

こうならないと彼の気遣いにも気づけなかっただなんて、情けないにもほどがある。

楽しく二人でダンスを踊っているところなんて見たくなくて、フェリシアはぼんやりと広間を眺めた。

今度は逃げないと決めた。

だから、せめてここからは逃げずに待っていようと、今にも出口に向かいそうになる足を必死に思いとどまらせたのだった。

だから、フェリシアは知らなかった。見なかった。聞こえるはずもなかった。

ダンスホールに向かう途中、ウィリアムがロザリーに向けた笑顔を。彼がロザリーに放った言葉を。

「ねぇ、ロザリー」

「なあに、リアム兄様」

「君は、私の従妹だよね？」

その言葉の裏に隠された意味を、ロザリーは瞬時に読み取った。こんな質問をされたのは初めてだった。それくらい、今までロザリーは慎重に慎重に己の心を隠していたから。

従妹という、特別な隠れ蓑を使って。

「まあ、酷いわ。もしかしてリアム兄様は、私と従兄妹の縁を切りたいのかしら？」

「いや、君とは従兄妹であり続けられることを願うよ。ただ……そうだね、少し気になることがあって。身に覚えのないことで誤解されて、また逃げられたらたまったものじゃないと思っただけだよ」

「そ、そうですの」

ウィリアムの瞳から光が消える。

そんな彼を初めて目にしたロザリーは、背筋が震えたのを自覚した。


ウィリアムがダンスから戻ってくると、意外にもロザリーはあっさりと彼から離れた。

そうして別の男性と踊り始めた彼女を見て、ほっと安堵する。

（って、そんなことで安堵するなんて、性格悪いわよ私……）

でも心に嘘はつけなかった。隣で素の表情を向けてくれるウィリアムに、たまらなく安心する。溢れそうになる想いをぶつけるように、彼の腕に寄り縋った。

くすくすと笑う声が、頭上から落ちてくる。

「どうしたの、フェリシア？　今日は積極的だね？」

そんなこと、言われなくてもわかっている。

これも全てあなたを他の女性に取られたくないからだと素直に言えたなら、フェリシアは悪役令嬢をここまで警戒することもなかっただろう。

ムッと唇を尖らせて言う。

「……私、酔いました」

「ん？」

先ほどのロザリーと同じ方便のはずなのに、同じように甘く言えないのは、フェリシアの性格か。それとも。

「私は酔って前後不覚です。休憩室に行きたいですわ。一緒にどうですか？」

彼を見上げると、彼はなんとも言えない表情で目を泳がせていた。

「ウィル？」

「ああ、うん。わかっているよ？　仕事のほうだよね？　わかってはいるんだけれど……」

少しの間を置いて、ウィリアムは綺麗に動揺を隠すと、いつもの仮面を貼りつけていた。

「そうだね、休憩室を借りよう。君のその真っ赤な顔を、間違っても他の男に見せてしまう前に」

最後、耳元で囁かれた口説き文句のせいで、本当に酔ったときみたいに顔が赤くなったのは言うまでもない。

そうして休憩室を借りた二人だったが、扉を閉めた途端、ウィリアムが仮面を外して笑い出す。

「調査のために抜け出すいい口実だとは思うけど、まさかあんな唐突に振られるとは思わなかった」

彼は意外にも笑いのツボにはまっていたらしい。なかなか笑いが止まらない。

確かに彼が勘づいてくれたとおり、フェリシアはこの屋敷での証拠探しのため、酔って気分が悪くなったことを言い訳に広間から離れようとした。

でも、これはさすがのウィリアムも気づけなかっただろう。

フェリシアが彼の言う唐突にこんなことをした理由が、あれ以上彼とロザリーを近づけさせないためだったなんて。

一刻も早く、ウィリアムを広間から遠ざけたかったからだなんて——彼は知る由もない。

「もう。そんなに笑わなくてもいいじゃありませんか。結果うまくいったんですから」

「うん、そうだね。まったく、こんな面倒な仕事さえなければ、フェリシアのお誘いを純粋に喜べたのに。残念だよ」

彼が愛おしげに目を細める。最近は言葉だけでなく、表情でも想いを伝えてくれる彼に、フェリシアは少しの勇気をもらう。

「じ、じゃあ、また今度……」

また、今度。ゲームの特別編が終わるとき。

「お誘いして、いいですか？」

そのときにもまだ、彼は同じ表情を向けてくれているだろうか。変わらず自分だけを、その瞳に映してくれているだろうか。

このときのフェリシアは、今の自分の言葉がどういう意味を持つかなんて、考えてもいなかった。

ただただ必死だったのだ。彼を取られないように。彼の優しさが、他の女性に向けられないように。

少しでも彼の心が同情に傾けば、フェリシアはゲームと同じバッドエンドを迎えてしまう。他の女性と、彼を共有する羽目になってしまう。

そんなの、絶対に耐えられないから。

「フェリシア」

いつのまにか俯いていたらしく、彼が腰を屈めて覗き込んでくる。垂れて邪魔になった前髪をそっと掻き分けられた。

吸い込まれそうなほど透明感のある紫眼と見つめ合う。

「今日は本当にどうしたんだい？　何かあった？」

その声があまりにも優しくて、胸がきゅうっと締めつけられた。

何かあったかと訊かれれば、あるにはあった。けれどそれは、フェリシアが勝手に感じているものだ。勝手に焦って、勝手に嫉妬していることだ。

彼に迷惑はかけたくないと、ふるふると首を振る。

「何もありませんわ。それで、お誘いしていいんですの？」

頑固なフェリシアに気づいたのか、気づいていないのか。屈めていた腰を伸ばすと、彼はため息をつくように困った笑みを漏らす。

ヘアセットが崩れないよう、やわく頭を撫でられた。

「……祝宴週間が終わったら、よろしくお願いしようかな」

「！　はい！」

許されたことが嬉しくて、やっと気持ちが上がってくる。

気持ちが上がってくると、自然とやる気も湧いてきた。

「さ、じゃあさっそく今夜も頑張りましょう！　今夜は別行動にします？　それとも一緒に回ります？」

前回は別行動だった。一人が回り、一人が夜会の会場で主催者を見張っていた。

「今夜は一緒に回ろうか。いざとなったら道に迷ったことにすればいい」

ウィリアムが心配そうにフェリシアを見つめていたなんて、このときのフェリシアは全く気づかなかった。

「了解ですわ」

屋敷を巡回する私設騎士の目をかいくぐり、二人は夜会の会場となっている広間から離れて私室の領域へと踏み込んでいく。

広間を離れると、さすがに辺りは静かだった。人気もほとんどなく、広間のような目が痛くなるほどの煌びやかさもない。巡回していた騎士だって、広間の近くほど見かけない。

でも、だからといって、限度はあると思うのだ。

「ウィル！　なんであなたはそう堂々としてますのっ」

フェリシアは小声で注意した。

フェリシアといえば、廊下では柱や彫刻などの装飾品の陰に隠れながら、またどこかの部屋の扉を開けるときは恐る恐るの慎重さだ。

対するウィリアムは、先ほどから我が物顔で廊下を突き進み、なんならそこはあなたの部屋なんですかと訊きたくなるほど躊躇いなく扉を開けて中に入っていく。

さすがに中に入ったあとは片方が扉の外で見張りをするものの、あまりの大胆さにフェリシアのほうが気が気でなかった。

「それじゃあ見つかってしまいますわよ」

「大丈夫大丈夫。まあ、見つかったらそのときはそのときだよ。でもフェリシア、もしかして昨夜もそんな感じで探ってたのかい？」

「当然です」

胸を張って答えれば、ウィリアムが「ふふ」と笑った。

「かわいいね」

「え、馬鹿にしてます？」

彼の眉尻とは対照的に、フェリシアの眉尻は上がる。何をどうしたらそんな感想が出てくるのか。こちらはこれでも真剣に、大真面目に、麻薬と人身売買に繋がる証拠を探しているのだが。

「そもそも、どうして主寝室や書斎を調べないんですの？」

フェリシアは昨夜の調査で疑問に思ったことを質問してみた。今二人がいるのは応接間だ。客をもてなすための部屋に、まさか証拠を隠す愚か者はいないだろう。

家の中に何かを隠すとき、一番怪しいのは先に挙げた二つだろうと、少なくともフェリシアはそう考えている。

「主寝室も書斎も、見つかったときの言い訳が難しいからね。今はここまででいい。それが私たちの役目だ」

納得がいかない気持ちを抱えながら、応接間を出て行くウィリアムの後についていく。

これでは証拠なんて全く見つかる気配もしないけれど、本当に大丈夫なのだろうか。

（でもウィル、「今は」って言ったわね）

では、今ではないときに、何か考えがあるのだろうか。

（「それが私たちの役目」……）

彼の言葉を内心で嚙み砕く。

フェリシアは今まで離宮生活だったため、政治については疎い自覚がある。王宮に蔓延る権謀術数の使い手たちとやり合ったこともなければ、その光景を目の当たりにしたこともほとんどない。

けれど、彼は違う。その渦中に幼い頃から放り込まれ、今日まで生きてきた。

そんな彼の仕事をする姿を見る機会があったフェリシアは、そのとき初めて人の言葉の裏に隠されたものを知った。

ウィリアムは、フェリシアにも容赦なくそれを使ってくる。彼はフェリシアに嘘はつかないけれど、つかないだけであって、真実を曖昧な言葉の中に隠してしまうことはよくあった。

（ということは、また始まったわね、ウィルの悪い癖）

こうして頼ってくれるようにはなったけれど、幼い頃に身につけたことは、そう簡単に抜けるものでもないのだろう。それに、たぶんだけれど、彼自身も意識して使い分けられるものでもなさそうだ。

だからこそこういうときの彼の言葉は、一字一句聞き逃してはならないことをこれまでの経験から学んでいる。

（問題は、ウィルの言葉の裏にどんな意味があるのか、だけど）

近しい者からはよく勘がいいと言われるフェリシアだが、それはやはりどこまでいっても勘なのだ。論理的に答えを導き出すには、ウィリアムと同じ域まで達していない。

ただフェリシアは、最近はこういう時間を楽しんでもいた。

前までは隠されることに寂しさを感じてもいたけれど、彼の考えを自分が暴いたときの達成感たるや、大切に育てていた植物が花開いたときと同じ高揚感がある。

（だってなんだか、ウィルに近づけた気がするから）

そんな乙女なことを考えていて、周囲を見ていなかった罰が当たったのだろう。

「フェリシア、ぶつかるよ」

「え――わっ」

目と鼻の先に、全身を甲冑で覆った騎士がいた。いや、人間ではない。プレートアーマーの装飾品だ。

ウィリアムが止めてくれなかったら、間違いなく衝突していた。

「だめだよ、歩きながら考え事なんて。もしぶつかって君が怪我でもしたら、私はこれを粉砕する――」

いや、何を真顔で言っているのだろうと、つい半目になってしまう。心配させたのは申し訳ないけれど、粉砕するほどのことではないと思うのはフェリシアだけか。

「考え事をしていたのは謝りますわ。ですからそんな馬鹿なことはしないでくださいね。……ってウィル？　ウィルのほうこそ聞いてますの？」

彼はなぜかその装飾品を凝視していて、何かを確かめるように遠慮なく触れている。しまいには揺らし始めるものだから、フェリシアは慌てて彼の奇行を止めに入った。

「何をしてますのあなたはっ。本当に壊すつもりですか!?」

そんなことをしたら弁償ものだ。これは侯爵家の持ち物なのだから。

彫金が施されているそれは、どう見ても高額そうである。

「私、今日のドレスさえ何かあったら弁償できないのに、彫金の装飾品なんて論外ですわよ！」

そういう問題ではないとわかっていても、言わずにはいられない。

というのも、諸事情あって、フェリシアは今日のドレスの値段をジェシカから聞いていたのだ。前世では考えられないようなその値段には、危うく魂が抜けるところだった。

そしてその諸事情というのが、乙女ゲームの特別編におけるイベントが関係している。イベントでは、悪役令嬢であるロザリーがわざとヒロインにぶつかってきて自分にワ、イ、ン、を被せるのだ。

だからつい気になってドレスの値段を確認してしまったが、訊くんじゃなかったと後悔したのは言うまでもない。

いくら汚れるのがロザリーのドレスとはいえ、庶民感覚が抜けないフェリシアは、絶対に夜会中に飲み物を持たないと決めている。

「フェリシアはおかしなことを言うね？　ドレスのことなら別に気にしなくていいのに。だってそれ、私が贈ったものだから」

「へっ？」

「あれ、聞いてない？」

聞いてない、と口を開けようとして、はたと止まった。

そういえばドレスの値段を聞いて意識を飛ばしていたとき、侍女たちが何かきゃっきゃと騒いでいたような覚えがある。その中でもジェシカのテンションが一等すごかった。

「……これ、ウィルが贈ってくれたんですの？」

「うん。だって前回のドレスは義兄上が贈ったんでしょう？　ずるいじゃないか。私だってフェリシアに自分の贈ったものを着てもらいたい。でもさすがにオーダーメイドは時間的に無理だからね。じゃあせめて君が気に入るものを贈りたくて、君に似合いそうなもので印象の異なるものをあらかた買って贈ったんだ」

そう言われてみると、今回のドレスを選ぶ前、いつもと違って「どれが着たいですか?」とジェシカに訊かれたことを思い出す。

いつもなら、フェリシアが服装に無頓着なことを知っている彼女は、フェリシアに似合うものを選んだ上で「こちらでよろしいですか?」と訊いてくるだけのはずなのに。

「やっぱり自分が選んだものを君が着ていると思うと、なんかいいよね。今日はずっとそれで浮かれていて、まともに感想も言えなくてごめんね」

「い、いえ。私のほうこそ、お礼も言えずに……」

「気にしなくていいよ。私が好きでやったことだから。でも、一つだけ訊いていい?」

驚きの事実に衝撃を受けたまま頷くと、ウィリアムがなぜかここで妖しく微笑んだ。いつのまにか状況も忘れてその蠱惑的な彼に見惚れていると、背中がとんと壁にぶつかる。いつのまにか彼に追いつめられている。

「どうして、このドレスを選んだの? 君が赤色を選ぶなんて意外だった」

どうしてって、そんなの簡単だ。

「えっと、野草園に迷い込んだ、アネモネの花を、思い出したので」

「アネモネ?」

そう、たった一輪だけ咲く、愛の花。迷い込んだそれが、まるで愛に翻弄され迷路に迷い込んだ自分のように思えて、親近感が湧いたから。

そして、「君を愛す」という花言葉に、自分の想いと勇気を込めようと思ったから。

「アネモネか。花言葉は確か――『君を愛す』だったかな」

「え⁉」

なぜ知っているのかと、勢いよくウィリアムを振り仰ぐ。そのときに気づいたが、壁際に追い込まれていたフェリシアは、今はさらに追い込まれていわゆる壁ドンをされている状態になっていた。

まさか彼が花言葉を知っているなんて思いもしなくて、自分の大胆とも言える行動に顔を熱くする。

（そりゃ、カモミールの花言葉を教えてくれたのはウィルだったけど、でもまさか、他の花言葉も覚えてるなんて思わないじゃないっ）

そんなところまで博識でなくて良かったのにと思う。

フェリシアの顔がドレスに負けないくらい赤くなったことで自分の考えが当たったと知ったらしいウィリアムが、上機嫌に額をくっつけてくる。

「そっか。フェリシアはわかっていて着たんだね、それを」

「あ、あああの、でも、まさかウィルが知ってるなんて、それは知らなくて……っ」

「うん、ごめんね？　誰かさんのおかげで植物には詳しくなったんだ」

「私は花言葉までは知りませんでしたわよ⁉」

「ふふ。本当は紫を選んでくれないかなとは期待していたけれど、そういう理由なら大歓迎だ。今すぐその愛ごと真っ赤な君を食べてしまいたいくらいだけど……」

「たべ……っ。ア、アネモネには、毒がありますからね！　食べちゃだめですからね！」

とにかく恥ずかしくて、自身をアネモネに喩えて迫ってくる彼の胸板を押し返す。

彼はぴくりとも動かないどころか、その手を優しく奪い取ると、耳元で囁いてきた。

「そのまま。少しじっとしていて」

脈絡のないそれに、きょとんとしたとき。

「おい、そこで何をしている？」

咎める鋭い声が廊下に走った。どくん、と一際大きく心臓が飛び跳ねる。

知らない声だ。先ほどとは違う混乱で身を縮める。

「おい、聞いて――」

「聞いているよ。君のほうこそ誰だい？　仮にも侯爵家の騎士なら、さすがに今夜の主役の顔を知らないなんてことはないだろう？」

ウィリアムが答えるのを、フェリシアは息を潜めて見守った。

騎士はそこで相手の正体に気づいたらしい。

「王太子殿下……!?　た、大変失礼いたしました！」

「いや、気にしなくていい。君は職務に忠実だっただけだ。でも、空気は読もうか」

「空気……あっ。こ、これは、重ねて失礼いたしました」

騎士の慌てる声からは、二人がここにいる理由を不審がられている気配はない。それよりも王太子に遭遇した衝撃に気を取られてくれている。

しかし、やましいというか、この屋敷の人間にとっては歓迎されないことをしている身としては、心臓はまだまだ落ち着きそうにない。

ウィリアムのおかげで騎士からフェリシアは見えていないだろうけれど、こんな動揺している顔は見せられないと、無意識に彼の胸に擦り寄った。

「……ところで君、夜会の会場はこの廊下を右に曲がったところかな」

「はい。よろしければご案内いたします」

「いや、せっかくだけど遠慮するよ。彼女を整えてから行くから、君は職務に戻るといい。私の言いたいことが、わかるね？」

「りょ、了解いたしました！　それでは失礼します！」

元気良く返事をした騎士は、素直にこの場から立ち去っていく。

耳を澄ませてその足音が聞こえなくなるのを待ってから、フェリシアは大きく安堵のため息をついた。

油断して足から力が抜けそうになったところを、ウィリアムが支えてくれる。

「ありがとうございます、ウィル」

騎士を追い払ってくれたこと、支えてくれたこと、この二つの感謝を込めてお礼を言えば、ウィリアムはそのままフェリシアを抱きしめてきた。

彼の左腕が、しっかりとフェリシアの肩を抱いている。その肩に顔を埋めて、彼がくすくすと笑っている声が耳に届いた。

「ウィル？　何を笑ってるんです？」

「いや、だって。最初はあんなに拒絶してきたのに、最後は擦り寄ってくるから。それがあまりにもかわいくて」

「はい!?　わ、私、そんなことした覚えないですよ!?」

「じゃあ無意識だったの？　そっか……それはまた……危ないね」

何が!?　と思わず内心で突っ込む。

「祝宴週間が終わるまで保つかな、私の理性」

なんて言いながら、彼はフェリシアの瞼に、頬にと、たくさんのキスを落としていく。

今までなら羞恥心が勝り、早々にストップをかけていたところだろう。

でも今日は——今は、彼に触れてもらえればもらえるほど、安心感に包まれた。

「……やっぱり今日の君はどこか様子がおかしいね。止めないの？」

ウィリアムのほうも薄々とフェリシアの異変を察知しているらしい。それでも揶揄うように訊ねてくる彼が憎い。

「止めたら、やめてくださいますの？」

「どうだろうね」

「もうっ。じゃあ訊かないでください」

唇を尖らせれば、最後にそこに彼の唇が触れる。

ウィリアムはそれでやっと満足したようだが、フェリシアは逆に予想外の甘い攻撃に撃沈された。

「さて。じゃあそろそろ会場に戻ろうか」

何もなかったように平然とする彼を、今ほど小憎らしいと思ったことはない。

会場である広間に戻ると、今ではもうほとんどの参加者が談笑に興じていた。

ダンスホールでダンスを楽しむ男女はまばらだ。しかしその中に見覚えのある少女を見つけて、フェリシアは強制的に現実に引き戻されたような心地がした。

「ロザリー？」

ウィリアムの口からその名前が出た瞬間、自分でも呆れるくらい身体が強張る。

先ほどまで彼と甘い時間を過ごしていたはずなのに、なぜだろう、嫌な予感が拭えない。

（もしかして、何かイベントが起こる……？）

乙女ゲームで発生する、イベントが。その中でフェリシアが覚えているのは、夜会でワインをかけた罪をでっち上げられるアレだ。

だからフェリシアは、夜会で一度もワイングラスを持たないと決め、今も持っていない。

なのにその姿を視界に入れただけで、不安が雪のように積もっていく。

「フェリシア、少し待っていてくれるかい。ロザリーの様子がおかしい」

言うや否や、ウィリアムはダンスホールへと進んでいく。何も考えずにその背を追った。

「おかしいって、何かありましたの？」

「久々の夜会で羽目を外してしまったのかもしれない。明らかに踊りすぎだ」

そう言われてロザリーに視線を移した、ちょうどそのときだった。

ロザリーがかくんと崩れ落ちる。間一髪のところでパートナーが抱き留めたのを見て、ウィリアムは走り出した。周囲も何事かと騒然となる。

けれどフェリシアは、その場で一人立ち竦んでいた。彼女が倒れる数瞬前、だって、目が合ったから。

ロザリーの瞳が、意味深に弧を描いたのを見てしまったから。

（もしかして、また）

仮病だろうか。そうなると、今フェリシアが彼女に近づくのは得策ではないだろう。

（でも、もし、本当だったら）

本当に、発作を起こしていたら。

そう考えたとき、フェリシアの脳裏に今世の母との記憶が過ぎった。

苦しそうに呼吸をするロザリーの姿が、病気で苦しむ母と重なって、考えるより先に身体が動いていた。

野次馬をかき分ける。そこではちょうど、ロザリーの付添人が薬か何かを取り出していて、ウィリアムがロザリーを支えていた。

「ロザリー、薬だよ。大丈夫だから落ち着いて」

ウィリアムと付添人が声をかけているが、ロザリーはなかなか薬を吸入しようとしない。

「お嬢様、ちゃんと飲んでください。だからダンスはほどほどにと忠告したんです」

付添人の女性はロザリーと親しい間柄なのか、こんな状況だろうと説教している。

フェリシアは自分も何か手伝おうと、さらに一歩踏み出そうとして、ふと、ロザリーと目が合った。

「だ、て」

目が合ったまま、ロザリーが弱々しく口を開く。

フェリシアは、なぜか金縛りにあったように身動きが取れなくなっていた。

「フェリシア、様が、自慢、なさるから」

その証言で、一瞬にしてフェリシアへと数多の視線が集まる。

「病気のこと、わかってはいたけど、羨ましかったの。だって私、ずっと、踊ってみたかったから。そう言ったら、フェリシア様が、踊ればいいじゃないって」

まさか。言っていない。そんなこと、ひと言だって言っていない。

そもそも夜会に彼女がいたことさえ、フェリシアは最初驚いたくらいだ。

参加者たちの様々な視線が突き刺さる。困惑と非難と、冷静な瞳。冷静な瞳は、フェリシアを試しているようでもある。未来の王妃は、さあこの状況をどう収めるのかと。

家の利益のため、助けるに足る人間かどうか、品定めされている。

これが貴族。兄が今まで、フェリシアに近寄らせなかった無意識の悪意たち。

(落ち着いて。大丈夫。感情に走ることだけは絶対にやっちゃだめ)

だから、ウィリアムの顔は見られなかった。彼の顔に少しでも非難が混じっていたら、この決意が泡と消えることはわかっていたから。

(それに、今一番重要なのは——)

フェリシアが自分を信じて行動を起こそうとした、そのときだった。

野次馬の中から、ぼそりと悪意が投げ込まれたのは。

「まあ酷い。病気のことを知っていたなら、自己管理くらい自分でやればいいのに。それを人のせいにするなんて」

それは、聞きようによってはフェリシアを庇ってくれたのだろう。

でもフェリシアの中に浮かんだのは、正しく怒りだった。

今声を上げた女性は何を言っているのだろうと、本気で相手の神経を疑った。

だって、病気は彼女が望んでなったものではないのだ。それを他人が咎め、貶めるなんて、一生懸命生きようとしている人間にこれほど失礼なこともない。

感情的に声を荒らげそうになったとき、ロザリーの呼吸音が変わった。先ほどよりずっと苦しそうに喉を押さえている。

そこでフェリシアの耳が拾ったのは、喘息発作特有の「ゼーゼー」という音ではない。

喘息の発作と似てはいるけれど、たぶん、この音は――。

「お嬢様、早く薬をっ」

付添人もロザリーの異常な様子に気づいたらしく、先ほどより緊迫感が伝わってくる。

しかしフェリシアは、ロザリーに無理やり薬を吸入させようとする付添人からそれを奪った。

「な、何を」

そうしてロザリーの背中を優しく撫でながら、穏やかな口調で語りかける。

「大丈夫、大丈夫よ。息をゆっくり吐いて。不安がらなくてもいいですから。私に合わせて息をしてください。吸って、吐いて。そのままゆっくり、十秒数え終わるまで吐き続けて。……八、九、十。もう一度吸って。同じように十秒で。……六、七、八――」

周囲がぽかんと見守る中、フェリシアはそれを繰り返した。ロザリーもまた、意外にもフェリシアの言うとおりにしてくれる。

やがて、ロザリーが完全に落ち着きを取り戻す。呼吸も正常に戻っていた。

「もう大丈夫ですわ。念のため、今日はもうお休みになったほうがよろしいかと。よければお送りしましょうか？」

付添人の女性にそう提案すると、状況についていけていない彼女の代わりに、起き上がったロザリーが答えた。

「……せっかくのご厚意ですが、今夜の主役を奪うわけには参りませんわ。皆様、お騒がせして申し訳ございません。どうぞ続きをお楽しみください」

泰然とカーテシーを披露して、ロザリーは足早に広間を出て行く。これまでか弱い少女を演じていた彼女らしくない、荒っぽい足取りで。

彼女が立ち去る間際に漏らした呟きを、フェリシアは聞き逃さなかった。

――〝なんで〟

なんで、助けるのよ。そう言われた気がした。

仮病だと知っていたくせに。敵のくせに――なんで、助けたのよ。

(なんでだなんて、そんなの……)

決まっている。仮病ではなかったからだ。彼女が本当に苦しみ、助けを求めていたからだ。

きっと、最初は仮病だったのだろう。

それが本物になったのは、野次馬の中から口さがない言葉が聞こえてからだ。

「フェリシア、ごめんね。こんなことに巻き込んで」

ウィリアムが申し訳なさそうに謝った。そこにフェリシアを非難する様子は見られない。

「いえ、私は大丈夫ですわ。それよりロザリー様のほうが……」

「彼女も大丈夫だよ。あとで私も様子を見に行くし」

「そう、ですか」

父親の見舞いにも行かなかったウィリアムが、ロザリーの見舞いには行くと言う。彼から自分への非難はなくても、その事実が胸に小さな痛みを与えた。

「夜会の主催者には私から謝罪を入れておくから、今夜は私たちも帰ろうか」

「はい。ただ、さっきのロザリー様のことですけど」

フェリシアが無責任に踊ればいいと言った件について、せめて誤解は解いておきたい。

そう思っての前置きだったが、彼のほうから「わかってるよ」と遮られる。

「君は植物だけじゃなくて、病気にも詳しいんだね。さっきのは喘息の発作とは違ったんだろう？　だから付添人が薬を使用しないように止めたんだよね」

「あ、はい。それは、そうなんですが」

残念ながら、フェリシアが本当に伝えたかったことはそれではない。

確かに先ほどのロザリーの発作は喘息のものとは違う。喘息の発作特有の呼吸音ではなかったからだ。前世で身内に喘息持ちがいたために、フェリシアはその区別ができた。

「結局、なんの発作だったの？」

「あれは過呼吸ですわ。喘息の発作と似てますけど、呼吸の音が違うからわかります。過呼吸のときに気管支拡張薬を吸入させるのは、症状が悪化する危険性があるんです」

「なるほどね。だから取り上げたのか。でも過呼吸のときはペーパーバッグ法が有効だと、何かの本では読んだ気がするけれど」

ウィリアムの言うペーパーバッグ法とは、袋を口元に当てて行う応急処置のことだ。確かに前世でも、その方法がしばらくは主流だった。

（この世界ではまだそっちが主流なのね）

けれど前世では、その方法では窒息して死に至る可能性があるとして、推奨されなくなったことをフェリシアは覚えていた。

でもまさかそんなこと、言えるわけもない。

「えっと、ダレンからは、さっきのやり方を教わったので」

「ああ、ダレン殿か。彼なら間違いはないだろうね」

ダレンはフェリシアの薬学の師匠であり、王都で有名な医師の一人でもある男だ。といっても心は女性なので、フェリシアは彼を第二の母として慕っている。

「となると、これからは過呼吸にも気をつけるようイングラム公爵には伝えておこう」

「ええ、ぜひお願いしますわ。特に不安や緊張を感じさせるものからは、遠ざけてあげるのが一番です」

そう思うと、あのときロザリーはなぜ、過呼吸を起こしたのだろう。

この大勢の中で仮病を使えるほどの度胸があり、さらにゲームの中でも彼女が弱っている姿なんて描写されていなかったので、はたして何が彼女をあそこまで追い込んだのかと疑問が生まれた。

どうやらそれが口にも出ていたようで。

「ああ、それはたぶん、どこかの心ない令嬢の言葉が原因だろうね」

ウィリアムが答える。

「私もその場面を見たわけじゃないから確かなことは言えないけれど、公爵から聞いた話だと、昔は病気のことを同級生に理解してもらえなかったらしい。もしかすると、そのときのことがトラウマになっているのかもしれない」

ならば、彼女にとってあの過呼吸は、やはり意図して起こしたものではないということだ。自分の計画にはなかったことで、だからフェリシアに助けられたことが屈辱だったのだろう。

「そう、ですか」

今ならまだ、フェリシアは弁解できる。ロザリーがさっき言ったことは嘘で、フェリシアは彼女に踊ればいいだなんて無責任な言葉を吐いていないと、ウィリアムの誤解を解くことができるだろう。

でも、病気のことでトラウマを抱えていると知ってしまった今、本当に弁解してしまっていいものかと躊躇した。はっきり言えば同情した。

こんなことを言ったら、間違いなくロザリーは腹を立てるに違いない。敵に情けをかけるなんて余裕ねと、鼻白む彼女が容易に想像できてしまう。

(私だって、できれば情けなんてかけたくない。そんな余裕、全然ないもの)

それに、そんなことをしたせいで大切な人を失ってしまうなんて、目も当てられない結末だ。

わかっている。ちゃんと、わかっている。

なのにやっぱり、口はそれ以上動かなかった。

悪役のくせになんて様だろう。

結局、ウィリアムがロザリーの証言を信じたかどうかは判然としないまま、今日という日は終わっていた。

翌日、フェリシアの目覚めはなんとも微妙なものだった。

昨夜の夜会のことが気がかりで、ちゃんと眠れた気がしない。カーテンの外からはまだ明かりも漏れておらず、ジェシカが起こしに来る時間でもない。

（昨日、あれから行ったのかしら）

ロザリーのお見舞いに。ウィリアムが。

従妹なのだから心配するのは当然だ。彼の父親のときとは違い、ロザリーと彼の間に確執はない。それならやはり、見舞いには行くだろう。行くべきだ。

（う〜〜。でも、やっぱりなんか、嫌だわ）

嫌だ。二人の距離が近づくのは。

特に、自分のことを誤解されたまま彼女に会いに行かれるのは、怖い。

（だって、もしまたあることないこと吹き込まれたら？）

自分の知らぬ間に誤解されて、ウィリアムとの距離が開くのはどうにか避けたい。

（あんなことがあったんだもの。今夜はさすがに、来ないわよね？）

であるならば、今夜の夜会のときにでもそれとなく様子を窺おう。小さなすれ違いが、大きな溝になる前に。

そう自分を鼓舞して、起こしに来たジェシカに「おはよう」と笑いかけた。


フェリシアは、悪役令嬢の恐ろしさというものを全然理解していなかったのだと、その夜の伯爵家で行われる夜会に参加して初めて思い知らされた。

「ごきげんよう。リアム兄様、フェリシア様」

伯爵家自慢の吹き抜けがおしゃれな広間に入ったとき、真っ先に挨拶に来た悪役令嬢は、昨夜のことなどなかったように微笑んでいる。顔色も随分といい。

フェリシアはウィリアムが口を開くのを待った。

「ロザリー、今夜は休むように言ったはずだけど？」

「でもリアム兄様、私、こうして他国の夜会に出られるなんて、この機会を逃せばもうないと思うの。だから許して、ね？」

彼女が上目遣いでウィリアムを見上げる。なんというあざとさだ。彼女の本性を知っているフェリシアでさえ、そのかわいさに胸を押さえそうになった。

(本当に強いわこの子。色んな意味で)

そっちがその気ならと、フェリシアも負けじと応戦する。

昨夜は完敗だった。アクシデントがあったけれど、見事に彼女の罠に嵌まり、フェリシアは今もまだ悶々とした気持ちを抱えている。

だからこそ、今夜は絶対に負けるわけにはいかないのだ。

悪役の先輩としても。

ウィリアムの婚約者――否、妻としても。

「ですがロザリー様、殿下のご心配ももっともだと思いますの。お身内に何かあれば、誰だって心を砕きますもの。ね、殿下？」

わざと「お身内」を強調する。本編の悪役を舐めないでと、ロザリーがやった上目遣いに、さらに前世のネット記事で偶然読んだ、男性がかわいいと思う女性の仕草特集にあった袖を軽く引っ張る行為――通称〝袖クイ〟を加えてみた。

ロザリーの目が、瞬間的に剣呑な光を放つ。

（ふ、私だってやればできるのよ。伊達に悪役に転生してないんだから）

本当はこんなわざとらしい仕草は恥ずかしくて今にも逃げ出したいところだが、フェリシアは意地で耐えた。ロザリーの本気度を知ったからには、こちらも全力で応戦しなければまずいと思ったからだ。

そもそもとして、特別編の悪役令嬢がウィリアムを狙うのは、面倒な王妃の仕事もない、お金は使い放題の、悠々自適な王宮ライフを送るためだ。前世の妹からその〝設定〟を聞いたときはさすが悪役だと思ったものだが、そんな相手にウィリアムをおいそれと渡すわけがない。

見えない火花を散らす二人に、間に挟まれたウィリアムはというと。

「フェリシア、今のもう一回」

「はい？」

なぜか真顔で迫ってきた。

「今のもう一回やってくれる？　破壊力がすごかった。遠慮がちに袖を引いて上目で見つめてくるなんて、衝動的に抱きしめなかった私を褒めてほしいくらいかわいかった。でもおかしいね？　私はそんな男の気を引くような仕草を教えた覚えはないよ。頑張って顔が赤くならないよう恥ずかしがりながらもやった君が、普段から今のをやっている感じもしない。なら、ねえフェリシア？　いったい君は、どこでこんなことを覚えてきたのかな？　怒らないから正直に言ってごらん」

フェリシアの喉から小さな悲鳴が上がる。

だって怒らないからと言いながらも、彼は笑いながら怒っていた。すでに彼の背後に悪魔が見える。

なぜだ。こちらのほうがおかしいと言いたい。これは男心をくすぐる仕草ではなかったのか。決して悪魔を召喚したかったわけではない。

（しかも私が必死に羞恥心を隠してやったことにも、気づかれてる……！）

それを意識してしまったら、せっかく我慢していた羞恥心が顔から火を噴きそうだ。

「フェリシア、教えない悪い子には、お仕置きだよ？」

「ひあっ」

耳元で息を吹きかけるように言われれば、そこから熱が広がっていった。

何するんですか！　と反射的に返そうとしたが、ロザリーに遮られる。

「リ、リアム兄様？　こんな公衆の面前で女性を辱めるなんて、あまり褒められたことではないと思うわ」

心なしか彼女の額に青筋が浮き上がっている。

「それよりフェリシア様。私、フェリシア様に昨夜のお礼がしたいんですの。少し私と歓談しませんこと？」

フェリシアはハッとした。今、ロザリーから副音声が聞こえた。「私の前でイチャつくなんていい度胸してるわね。その喧嘩買ってやるからこっち来な」みたいな。

（いいわ、なら私は、売りましょう！）

腰に回るウィリアムの手を外し、一歩前に進み出る。

「昨夜のことならお気になさらず。でもせっかくのお誘いですから、ぜひご一緒させていただきますわ」

ばちばちっ。女の闘いのゴングが鳴った。

「……フェリシア？　私とは歓談してくれないの？」

「ウィルはあとです。女には女同士でしかできない話もありますので」

「うーん。まあ、君がいいならいいけれど。じゃあダンスカードだけ貸してくれる？」

すっかり意識がロザリーに向いていたフェリシアは、雑に言われたとおりにした。すぐに返ってきたカードには、全ての曲にウィリアムの名前が書かれている。

「これなら心置きなく歓談できるだろう？」

「ウィル……あなた天才ですか」

「君に褒められるなんて嬉しいよ。お互いのためにこれからもこうしようか」

もしここにライラかゲイルがいたのなら、「そうじゃない」と突っ込んでくれたことだろう。ウィリアムが言葉どおりの意味で名前を書いたわけではなく、フェリシアに他の男がダンスを申し込まないようにしただけなのだから。

フェリシアがそんなウィリアムの真意を知ったのは、後日お土産話としてこのことをゲイルに話したときだった。

とにもかくにも、フェリシアはロザリーの横に並んで、二人揃って歩き出す。

ウィリアムと十分な距離を取ったことを確認すると、ロザリーは可憐な微笑みから一転、ギッときつく睨んできた。

「ちょっと！　さっきの何よ。あなたまさか、あんなあざとい仕草でリアム兄様を籠絡したの⁉」

「ロザリー様の上目遣いも大概だと思いますけど⁉」

二人は周囲には聞こえないよう細心の注意を払って会話する。

「だいたい出会ったときから思ってたけど、人前でイチャつきすぎなのよ！　はしたないって言葉をご存じないの？　これだから嫌ね、野蛮な大国の王女様は」

「聞き捨てなりませんわ！　今までのどこをどう見てそう仰いますの？　全部、ウィリアム殿下が仕掛けてますからね⁉」

「まあなに⁉　それじゃあまるでリアム兄様があなたに惚れ込んでるみたいじゃない！」

「ほっ……は置いとくとしてっ。だから結婚したんですが⁉」

「そこで照れないでくれる⁉」

言い合いながら若干早足になってしまい、食事が並ぶ一角に辿り着いたときには、二人とも少しだけ肩で息をしていた。

互いに無言で睨み合う。

「……すみません」

先にその沈黙を破ったのは、フェリシアだった。

「はあ？　何を謝ったのかしら。リアム兄様を奪ってすみませんということだったら、さっさと離縁してくださる？　もっと他の、リアム兄様が愛さないような女を正妃にするから」

「いえ。それはちょっと何を言ってるのかわかりませんから遠慮しますけど」

そう言うと、ロザリーの目つきがさらに鋭くなった。

構わず続ける。

「頭に血が上って、速く歩きすぎましたわ。まだ息が整ってないでしょう？　整うまで小休止にして、そのあとでまた――」

闘いを再開しましょう、と告げるつもりだったフェリシアは、ばしゃっと液体が盛大に零れた音を聞いて、最後まで続けることが叶わなかった。

ロザリーの菜の花色のドレスに、毒々しいほどの赤紫色が広がっていく。

フェリシアは開いた口が塞がらなかった。唖然と彼女を見つめると、ロザリーが押し殺したような声で、今までにない怒りを露わにしてきた。

「そういうところが、ムカつくのよ……っ」

フェリシアにだけ、届いた憤怒。騒ぎを聞きつけた周囲の貴族たちが、遠巻きになんだとこちらを窺っている。

これは、乙女ゲームのイベントにあったものと同じだ。

でもゲームでは、ワインを持っていたのはヒロインのほうだった。だからフェリシアは自分がワインを持たなければ大丈夫だろうと、高を括っていたのだが。

（やられた……！）

まさかロザリーがここまで大胆なやり方をしてくるなんて。

このあとの展開は知っている。

ウィリアムが現れて、ロザリーがヒロインにやられたと泣きついて、その場を収めるため、ウィリアムはロザリーだけを連れて休憩室に行ってしまう。

いや、休憩室に行ってしまうことが、一つの指針になっている。ヒロインを置いて彼が休憩室にロザリーを連れて行けば、バッドエンドに一歩近づいたことを意味するからだ。

この最終章間近のイベントだけはよく覚えていた。

なぜならテレビ画面を前にした前世のフェリシアは、今と同じようにしてやられて、前世の妹に雷を落とされたからだ。

『お姉ちゃんの馬鹿っ！　だからあれほど気をつけてって言ったのに！　見てよほら、バッドエンドに入ったせいで瘴気の謎も解けなくなって、セーブしたものまで全部パアになっちゃったじゃん!!』

（――え？）

不意に頭を過ぎった声に、フェリシアは一瞬引っかかりを覚える。

しかし駆けつけてきたウィリアムによって、すぐにそれを考える余裕もなくなった。

「何があったんだい。フェリシア、ロザリー」

何もかもがゲームのとおりに進んでいく。

「リアム兄様っ。あの、私はお礼を言っただけなのに、フェリシア様が突然お怒りになって……ワインを」

「フェリシアが？」

ここが現実だとはわかっている。けれどこうも綺麗にゲームどおりに進むのは、もしかすると転生して初めてのことかもしれなかった。

だからこそ、手に汗が滲む。

「とにかくその格好のままでは風邪を引く。君の風邪は命取りになるんだから、着替えよう」

「あの、それなら、リアム兄様も……」

「わかっている。一緒に行こう」

すごい。本当にゲームのとおりだ。ここまでくると、フェリシアはいっそ笑いたくなってしまった。

(別に、そんなところまで一緒じゃなくてもいいのに)

ウィリアムは周囲の貴族に何事かを伝えると、騒ぎを軽く収め、よろけるロザリーを支えた。

その瞳が、次にフェリシアを映し出す前に。

立ち去るフェリシアの背中に、呼び止める声もなかった。

彼の瞳を見る勇気は、今のフェリシアにはまだなくて。

震えそうになる喉を押してそれだけ言うと、逃げるようにその場から離れた。

「わ、たくしは、タオルを、お願いしてきますわ」


タオルの手配を屋敷の使用人にお願いしたフェリシアは、とぼとぼと一人屋敷内を彷徨っていた。

気分はもちろんどん底だ。自分の馬鹿さ加減にも嫌気が差している。

冷静になればなるほど、後悔が押し寄せてきた。

（いくらなんでも、あそこで逃げちゃだめよ私……！）

あの場面で逃げるほうが、ロザリーの証言を肯定しているようなものである。

だからあの場面では、逃げずにウィリアムと共にロザリーに付き添うべきだった。

（私までヒロインと同じ行動してどうするのよ……）

もう呆れて何も言えない。

広間から離れると、やはり周囲は静けさに包まれていた。気づけば反対側にある玄関ホールまで来ていたらしく、無意識にこのまま帰りたいと思った心の表れかと思うと、自嘲の笑みがこぼれ落ちた。

ついでだからと、外の空気を吸いに玄関を出る。その両脇には華やかさを添えるためか、花が飾ってあった。その中にアネモネを見つけて、フェリシアはその前にしゃがみ込む。

(そっか、今はアネモネの季節だものね。だからいつのまにか野草園に迷い込んでた子も、花を咲かせたのね)

野草園のアネモネとは違い、ここに咲くアネモネは色とりどりだった。

でもやはり、フェリシアが一番に目を向けたのは赤いアネモネだ。昨日、この愛の花を通して彼に想いを伝え、受け取ってもらったばかりだ。

なのに。

(白のアネモネは「真実」。紫のアネモネは「あなたを信じて待つ」。……ウィルを信じて待つ、か。だめね、そんな悠長なことをしていたら、きっとゲームのとおりになっちゃう)

けれど、何かをしても尽く裏目に出ているのが現状だ。まさかあそこで自作自演をやられるとは思ってもいなかった。

(私、どうすればいいのかしら)

返事はないとわかっていても、心の中でアネモネに話しかけた。

そのとき、不意に一つの花言葉が脳裏に浮かんだ。それは色別のものではなく、アネモネ全体における花言葉。

まるでそれが、話しかけたフェリシアへの、アネモネからの回答だとでもいうように。

――〝嫉妬のための無実の犠牲〟

ふふ、と思わず乾いた笑みが出た。

(ないわ……いくらなんでも感傷的になりすぎよ、私)

〝犠牲〟だなんてさすがに言いすぎだ。普段なら何も思わないことにも、心が弱っているときにはなんにでも意味を見つけたがってしまうのが、人間というものなのだろうか。

(だめね。このままここにいても仕方ないわ)

立ち上がる。それもまた〝逃げ〟のような気がして、フェリシアは屋敷の中に戻った。

かといって、今から二人の許に行く勇気はない。ので、フェリシアは屋敷の調査をやってしまおうかと考え始めた。

(そのほうが気も紛れるだろうし)

ただ、一人でやっていいものかと少し迷う。

今ここにライラがいれば、フェリシアはきっと彼女のいる控えの間に行っただろう。けれどライラは現在、家の事情で休暇を取得中だ。ということを、フェリシアはウィリアムから聞いていた。そしてこういうときに限って、神出鬼没のゲイルも姿を見せない。

仕方ないか、とフェリシアは頰を叩く。

失ったかもしれない名誉を、これで挽回しておきたいところだ。

(まずはどこを回ろうかしら)

考えながら、足は玄関ホールを入って右にある大階段を上っていく。

昨日よりも、一昨日よりも、今日はやけに呼吸が浅い。

状況は、ウィリアムと別行動をした一昨日と同じはずなのに。

でも一昨日より、心は不安を感じている。

（ウィルがいないからって、たったそれだけで？）

いつから自分はこんなに情けなくなったのだろうと、軽く衝撃を受ける。それまではなんでも一人で乗り越えてきたはずなのに、たとえ隣にいなくても、彼が一緒だと思うだけで力になっていた事実にフェリシアは愕然とした。

（だって前はデッドエンドだったわ。それに比べたら、側室エンドだって、今の状況だって、明らかにマシじゃない。なのにどうして……）

どうしてこんなに、心が弱くなっているのだろう。

前はそれでも「え、婚約破棄？　どうぞどうぞ。死にたくないので私は薬師目指して平民になりますわね！」と、一人奮戦していたくらいなのに。

（そう思うと、前はまだポジティブな逃げ方だったわね）

そのほうが自分らしくもあった。落ち込んでいる暇があるなら毒草薬草の研究をしているほうがよっぽど生産的で、何より楽しかった。

人はよく、恋をすると弱くなると言うけれど。

(私も、弱くなっちゃったのかしら)

自分の変化を嘲笑う。

フェリシアにとってはウィリアムが初恋だ。他の恋を知らないから、全ての恋がそうさせるかどうかはわからない。

(正直に言うと、前世でバッドエンドに入ったとき、ヒロインの気持ちがよくわからなかったけど)

だって、どうして〝恋〟で、そこまで悲観するのだろうと。

本気の恋をしたことがなかった自分には、ヒロインに共感も感情移入もできず、その疑問だけが頭に残った覚えがある。

だから乙女ゲームにハマらないのだろうと、冷静に分析までしていたけれど。

(今ならよくわかるわ。側室なんて、前世の感覚でいえば浮気だもの。そりゃあ日本人のヒロインが泣かないわけないわよ。悲観して、ウィルの許を去らない……わけが……)

順を追うように思い出した記憶に、フェリシアは息を呑んだ。

ここで再び脳裏を過ぎるのは、バッドエンドに入って妹に雷を落とされた記憶だ。

――〝見てよほら、バッドエンドに入ったせいで瘴気の謎も解けなくなって、セーブしたものまで全部パアになっちゃったじゃん!!〟

バッドエンドに入ったあとのことなんて、そこまで重要とは思っていなかった。

が、この世界においてはそうも言っていられないようだと、フェリシアは今になって危機感を持ち始める。

(そうだったわ。これがバッドエンドの二つ目の意味！　瘴気の謎に迫るシナリオ。あ〜、その言葉だけは覚えてたけど、その内容のことはすっかり忘れてたわ。確かバッドエンドに入れば瘴気の謎も解けなくて、ヒロインである聖女も身を引くとかで消えるから、そのまま世界が瘴気に包まれてオールバッドエンドになるんだったかしら。それがゲームではセーブ記録の抹消に繋がるのよね)

だから前世の妹は激怒した。それだけは絶対にやらないでと、いつも好きにゲームをやっていいよと勧めてくる彼女にしては珍しく、特別編の三章以降は常に見張られながらやった。

じゃあ私にやらせなければいいのに、と何度妹に文句を垂れたことだろう。それほどゲーム仲間がほしかったらしい。

しかし、そうなってくると。

(まずいわね……私だけの問題じゃなくなってくるわよ、これ)

どうして人の恋路に世界の命運がかかるのか。本気で勘弁してほしい。

これではゆっくりと感傷に浸ることもできない。まあ、浸りたいわけでもないけれど。

「――また悩み事ですか、姫君」

階段を上りきったところで、予想外の人物に声をかけられた。フェリシアが探していた銀髪紅眼の男——アルフィアスだ。

思わぬ再会に、そしてこの状況で話しかけられたことに、二重の驚愕が重なり危うく階段から落ちそうになる。

「申し訳ありません、無駄に驚かせてしまいましたね。大丈夫ですか？」

「え、ええ。助けてくれてありがとうございます。大丈夫ですわ」

アルフィアスが背中を支えてくれなければ、フェリシアは間違いなく転げ落ちていただろう。三重のドキドキに襲われて、フェリシアはひとまず深呼吸をした。

「こちらへ。階段のそばは危ないですから、離れましょう」

その言葉に従って、フェリシアは彼の後ろをついて歩く。

なぜ彼がここにいるのだろうと密かに考えていたら、それを見透かしたように彼が答えをくれた。

「実は僕もこの夜会の招待を受けておりまして。姫君にご挨拶をしたかったのですが、その前に退出されてしまって、機会を失っていたところだったのですよ」

なんとも申し訳ない話である。そしてなんともコメントのしづらい話だった。

「それでちょうど暇でしたし、いなくなった姫君を探しておりましたら、このとおり、迷子になってしまいまして」

どのへんが「このとおり」なのだろうと、予想だにしなかった話にフェリシアは素っ頓狂な声を上げた。

「え、迷子っ？」

「ですが、こうして姫君とも会えましたし、特に問題はありません。あ、それとももしかして、姫君も迷子でしたか？」

爽やかな笑顔で訊ねられる。それがあまりにも神々しくて、とても迷子で困っていたとは思えないほどだった。

なんとなく毒気が抜かれて、そのまま正直に答えようとしたところで、自分がなぜ夜会会場から離れた場所にいるかを思い出す。

良い言い訳も思いつかなかったフェリシアは、最終的に自分も迷子ということにした。

「じ、実はそうなんです。わたくしも迷子でして」

「だと思いました。では、一緒に散策でもどうですか？　また姫君の悩み事の相談相手になりますよ」

聞き捨てならない言葉があったような気がしたが、心が洗われるような彼の微笑みの前ではそれも些細なことだ。彼は本当になんて慈悲深い人なのだろう。

ただ――。

「せっかくのお申し出はありがたいですけど、遠慮させていただきますね」

なぜなら、そのせいで以前ウィリアムと喧嘩をしているからだ。いや、ウィリアムを怒らせてしまったというほうが正しいか。

それを思うと、フェリシアは積極的にアルフィアスと関わるわけにはいかなかった。

「でも一つだけ、伝えたかったことがあったんです。だからわたくしも探してはいたんですよ、アルフィアスのこと」

「僕をですか？　それは光栄です。いったいどんなご用件で？」

「王妃殿下のことですわ。以前、王妃殿下への拝謁を手助けしてくださったでしょう？　おかげで王妃殿下ともお会いできて、ウィリアム殿下とも仲直りできたんです。そのお礼を伝えたくて。本当にありがとうございました」

このために、フェリシアは王妃に確認してまで彼を探していたのだ。勉強を教えてもらったり、王妃への謁見許可を取ってくれたりと、彼には本当に助けてもらった。ウィリアムのことがあるとはいえ、それは礼を伝えない理由にはならないだろう。

「でも、そういえばアルフィアスを探していたとき、王妃殿下はあなたのことを知らないと仰ったのよ。王妃殿下の知っている銀髪の方は、陛下の補佐官だとか。銀髪違いかしら？」

このときのフェリシアは、ただ純粋に思ったことを訊ねただけだった。

誰であろうとミスは犯すものだし、伝言するうちに真実とは異なる伝わり方がされることもある。もしくは、フェリシアの記憶違いということも。

そう思っての質問だったから、答えも軽く返ってくるものだとばかり思っていた。

けれど。

「……そうですね。だから最近、僕の周囲がうるさかったのでしょう。あなたは僕のことを王太子に伝えましたか？」

「え？　え、と」

つい口籠ってしまう。だってなんだか、こちらを窺うアルフィアスの瞳が、無機質なガラス玉に見えた気がして。

怖い――そう思ってしまったから。

そんなこと、今まで一度も感じたことはなかったのに。

「姫君？」

彼が流れるような動作で瞳を覗き込んできて、その赤い瞳と近距離で見つめ合う。

だんだんと頭がぼーっとしてきた。その美貌に見惚れるのとはまた違う。そうではなく、まるで彼の瞳には魔力があって、それがフェリシアの気力を奪っていくような感じだ。

内心ではそれを不思議に思っているはずなのに、口は勝手に動いていた。

「……名前は、言ってませんわ」

「そうですか。そうだろうと思いました。言っていたら彼が反応しないわけがありませんから。でもなぜ言わなかったのです？」

「言ったら、アルフィアスに、迷惑がかかると思いまして」

「さすが、女神の如く慈悲深いとお噂の姫君です」

彼は何を言っているのだろうと、ぼんやり思う。

神の如く慈悲深いのは、自分ではなくアルフィアスのほうだ。そう返したいのに、頭の中で言葉がうまくまとまらない。

ぼうっとして、ただ、誰かが頭の片隅で警鐘を鳴らしている気はした。

「姫君のお気遣いのおかげで、しばらくはとてもやりやすかったですよ。ですが、あの子は徐々に僕に近づきつつあります。少ないヒントで僕に辿り着こうとしているようです。それはそれであの子の成長を喜ばしく思いますけど、まだ少し早いのです。やはり出しゃばりすぎましたね。あなたに近づくにしても、人間の妬心を甘く見るべきではありませんでした」

いったいどうなっているのか。だんだんと頭痛までしてくる始末だ。それは頭の中に響く鐘の音と比例していた。

その痛みで、正気に戻りかけたとき。

「ああ、姫君。余計なことを考えてはいけません。僕に委ねていれば、直にあなたの望む結果を得られますよ。王太子を、誰にも取られたくはないでしょう？」

その言葉が二重になって聞こえた。また思考がぼんやりとし始めて、本能で彼の言葉に頷いた。

だってフェリシアは、今まさにそれで悩んでいたから。

（でも、なんでそんなこと、アルフィアスが知ってるの？）

内心で不思議に思って、しかしすぐにその疑問が雲散する。疑問に思ったこと自体、頭の中から霧散していく。

口が勝手に動いている気がするけれど、何を話しているのかが認識できない。

「ああ、そうですよね。そのためには邪魔な存在がいますよね——ロザリー・イングラムでしたか？」

その瞬間、心臓が返事をするように大きく跳ねた。

アルフィアスは期待どおりの反応を得られた役者のように、鷹揚に頷いている。

「姫君は、僕を探していたと仰いましたが」

彼が一歩、近づいてきて。

「実は僕も、あなたが一人になるときをずっと狙っていたんです」

なぜ、と訊く思考回路は、もはやフェリシアにはなかった。

「あの子を再び絶望に落とすことができ、あなたの正体を知ることができるこの機会を、ずっと狙っていたんです」

神のように美しいと思った美貌が、もう目と鼻の先に迫っている。不思議な赤い瞳はどこか仄暗さを宿していて、うっすらと黒いモヤを映し出した。

「さあ、僕の目を見て。そして受け入れて、堕ちていって。どこまでも、どこまでも──闇の深淵まで」

ぶわり。その瞬間、視界一面にモヤが広がった。

彼の瞳から滲み出ている、それは──。

「っ、瘴気……⁉」

その衝撃でフェリシアの意識が一瞬戻る。

身体の自由がきく。思考もまともに働く。けれどなぜこんなことになっているのかは理解できない。

「ほう？　ここで自我を取り戻しますか。王妃のときに瘴気の影響を受けなかったことといい、やはりあなたは何か違うようですね、姫君」

「なにを、言ってるの、アルフィアス。なんで、瘴気が……っ」

彼の手が、逃げようとするフェリシアの腕を掴んだ。

「ほら、良い子ですから大人しく身を委ねてください。そうすれば、あなたも僕の人形になれますよ。大丈夫、寂しくはありません。すぐにあの子も僕の人形になりますから、二人仲良く、永遠に一緒にいられますよ。嬉しいでしょう？」

赤い瞳が鈍く光る。また意識が朦朧としてきた。あの瞳は危険だ。そう思って力の限り抵抗しているはずなのに、実際は全然抵抗できていない。

「アル、フィアっ……やめてっ」

嫌だ。嫌だ。何が起きているのかはわからないけれど、彼の言う人形にはなりたくない。それだけは強く思う。

だって人形では、ウィリアムの誤解を解けないから。

だって人形では、ウィリアムに謝れないから。

だって、人形では、彼を愛することも、愛されることもできなくなってしまう。

(私はそんなこと、望んでないわ——！)

身体の中に瘴気が入ってくる。目を瞑って、握られている腕をがむしゃらに振った。

そんな悪あがきを嘲笑うように、アルフィアスがフェリシアの手の甲に恭しくキスをする。

「良い夢を、姫君。そして次に目が覚めたとき、あなたは僕の人形です」

その言葉を最後に、フェリシアの意識は暗転した。

第四章✤✤✤あなただけは許しません！

夜会の会場の一角で小さな騒ぎが起きたとき、ウィリアムは年の近い貴族の青年を交えて、主催者であるブレドル伯爵と雑談をしていた。

伯爵は美術品や宝石の収集を趣味とするコレクターであり、青年は自ら貿易商を営んでいる男だ。貴族の三男である彼は、そうして生計を立てているらしく、自分で選んだ道を邁進する姿はウィリアムにとっては好ましいものだった。

「いや、だがね君、やはり貴族が商売をやるものではないよ。私も貴族の次男として生まれたが、伯爵家に婿入りしたことで今の地位を築いている。こうして祝宴の夜会で殿下にもご臨席いただけるほどの栄誉を手にした。貿易商ではそれも無理だろう？」

ははは、と豪快に口を開ける伯爵に、ウィリアムは当たり障りのない笑みで応える。

そのときに覗いた歯、首元、手首には、シャンデリアより輝かしい金と宝石の装飾品が、これみよがしに存在を主張していた。なんとも趣味の悪い飾り方だと思いながら、ウィリアムは意識を半分だけ他にやる。

ブレドル伯爵は上機嫌で続けていた。

「君も三男だからといって、上の兄に遠慮することはない。平民のように汗水流して働くなんて、本当は嫌だろう？　そうだ。知り合いに未婚の侯爵令嬢がいるんだが、どうかね、そこに婿入りしてみるのは。不器量だが、侯爵家なら安泰だぞ」

　耳障りだな、とは思うものの、ウィリアムはあえて口出ししない。

　こういうときの対応の仕方で、ある程度その人間の有能さが見えてくるからだ。

　つまりウィリアムは、青年を試していた。

　もともと青年に用があって話しかけたのはウィリアムのほうではあるけれど――途中で伯爵に闖入されてしまったが――青年がどんな人間か噂で知っていても自分の目ではまだ確かめていない。確かめるいい機会だと思ったのだ。

　そして嬉しいことに、彼の断り方は彼が有能であるという噂を裏付けるものであった。相手の気分を害さないよう選び出された言葉は、ウィリアムを十分に満足させた。

（ここは彼に任せて、特に口を挟まなくても問題ないな）

　そうして自分は意識の八割を別のところにやった。

　今のところ何も起きてはいないようだが、心配は常に胸の内にある――フェリシアのことだ。なぜならここ最近の彼女は、どうにも様子がおかしい。何かあったのは間違いないため、できるだけ彼女の様子に気を配っていた。

　そのおかげもあって、ウィリアムはその小さな騒ぎにいち早く気づけたのだ。

伯爵と青年に断りを入れて、すぐにフェリシアの許へ向かう。

「何があったんだい。フェリシア、ロザリー」

食事が並んでいる一角だったからか、幸いなことに騒ぎはそこで留まっていた。

何があった、と訊ねながらも、ウィリアムは状況を瞬時に把握していた。

涙目のロザリー。彼女のドレスに広がる赤いシミ。驚きと絶望を綯い交ぜにしたような、フェリシアの表情。

(釘をさしたはずなんだけどな)

そのとき、瞬間的に湧いた怒りを、ウィリアムは危うく表情に出すところだった。

ロザリーがフェリシアにワインをかけられたと訴え、周囲はそれを演劇でも鑑賞するように眺め、フェリシアの顔色はどんどん悪くなっていく。

彼女がぐっと唇を噛んだのが視界に入ったとき、ウィリアムの中で何かが音を立てて切れた。

「あの、それなら、リアム兄様も……」

ロザリーが何か言いたげに見上げてくる視線を、初めて鬱陶しいと思った。

「わかっている。一緒に行こう」

そう。解っている。この場で誰が加害者で、誰が被害者なのか。フェリシアの次にウィリアムは理解していた。

（病弱な従妹のわがままだと、大目に見ていたが）
引いた境界線を越えたのは、あちらのほうだ。

　これから自分がすることをフェリシアに見せたくなかったウィリアムは、ロザリーのお望みどおり彼女だけを休憩室に連れてきた。

　屋敷の使用人に着替えとタオルを頼み、休憩室で二人きりになる。

　といっても、あとから問題になることを避けるため、もちろん本当の意味で二人きりにはならない。扉の外には部下の一人を置いている。

「大丈夫かい、ロザリー。着替えとタオルを頼んだから、もう少しそのまま我慢していてね」

　いつもどおりの優しい従兄を演じる。

　母の弟の娘である彼女のことは、本当にただの従妹だと思っていた。それ以下にも、それ以上にも思ったことはない。

　子どもの頃に顔合わせをさせられたが、それは病弱で友人と遊ぶこともできないロザリーを不憫に思った彼女の両親が仕組んだことだ。

　彼女と年の近い子どもたちは、彼女の病気のことを理解しなかった。よく咳をする彼女に、病気がうつるから近寄らないでと言ったらしい。

ロザリーの病気は、人にうつるものではない。

子どもは良くも悪くも無邪気だった。その無垢な刃で娘を傷つけられることを恐れた彼女の両親が、年も離れていて落ち着きのあるウィリアムなら大丈夫だろうと、ロザリーの話し相手として連れてきてほしいと王妃に頼んだことが始まりだったと聞いている。

フェリシアのおかげで人の感情を取り戻し始めていたウィリアムは、まだ見ぬ病弱な少女に同情し、了承した。

それからは、ウィリアムなりにロザリーの求める優しい従兄を演じてきたけれど、今となっては余計なことをしたと後悔している。

「ねぇロザリー、着替えが届くまで退屈だろう？　少しだけ私の話に付き合ってくれるかい？」

まだ、仮面はつけたまま。

「ええ、もちろん。リアム兄様のお話だったら、なんでも聞きたいわ」

「そう言ってもらえて良かった。じゃあ最後まで、しっかり聞いてね」

彼女をソファへは誘導しない。そんな優しさすら必要ない。

今まで金と権力と顔に引き寄せられて近づいてきた女と同じく、笑みを貼りつけたまま、冷めた声で続けた。

「——どういうつもりだ？」

いうことかな」

「……え？」

突然の豹変に、ロザリーが息を呑む。

「だから、どういうつもりかと訊いたんだ。君は私の従妹だよねと確認したとき、私はしっかり釘をさしたはずだよ。従妹以上を望みはしないよね？　と。君もその意味には気づいたはずだ。でなければあんな怯えた顔はしないだろう？　にもかかわらず、それはどういうことかな」

ワインの色に染まったドレスを指差す。

「君はフェリシアを甘く見すぎだ。彼女はそんな陰湿なことはしない。彼女は自分に毒を盛った姉にさえ、危害を加えようとしなかった人だよ。実際に今回も、彼女の矛先は君ではなく私に向いていただろう？　君に私を取られまいと、君を排除するのではなく、私の心を繋ぎ止めようと必死にアプローチしていたね」

そのときのことを思い出して、くすくすと喉奥で笑う。笑えば笑うほどロザリーの顔色が青くなっていくのがおかしくて、別の笑いも込み上げてきた。

誰よりも彼女を想っている自分が、彼女の変化に気づかないはずがないのだ。それくらいいつも視線は彼女を追っていて、彼女の言動全てに神経を集中させている。

きっかけは、休憩時間にフェリシアが訪ねてきてくれたとき。

結局ロザリーの発作でフェリシアには先に退出してもらったが、そのときの彼女の表情が心に引っかかった。

そしてアイゼンにドレスを選んでもらったと聞いたあたりから、彼女に起こっている状況を把握した。

「まあ私としては？　嫉妬するフェリシアなんて貴重だし、必死に私を求めてくれる彼女がかわいかったから、つい調子に乗ってしまったけれど。でも、それで君まで調子に乗せてしまったなら、ここで潰さないといけないね」

ついにロザリーが唇を震わせて、手先まで震えてきたのか、胸の前でぎゅっと握り合わせている。

「私が怖いかい、ロザリー？」

優しい従兄の仮面に、王太子の仮面を重ねづけする。海千山千の蔓延る王宮で、政界の中心で、戯言をほざく貴族を黙らせるためによく使っているものだ。

「君に見せていた私なんて、ほんの一面にも満たないよ。君は優しい従兄だから好きになったのだろう？　なら、大人しく手を引くといい」

これが、ウィリアムにとっての最大限の譲歩だった。最初から潰しにかかるのではなく、二度も警告するなんて、通常のウィリアムであれば考えられないほどの温情だ。

つまりこれは、ただの他人ではない、従妹に対するせめてもの配慮だった。

だというのに。

「何を、言ってるの、兄様。私は別に、リアム兄様のことなんて……。私はただ、楽な側室にしてもらえれば、それだけで――っ」

ふう、とウィリアムは嘆息する。

そんな理由で騙されてやるほど、自分は鈍感ではない。

「じゃあ私のことをなんとも思っていないのなら――権力者の側室になりたいだけなら、私が仲介してあげよう。財力も、権力も、容姿も申し分ない男で心当たりはなくもない。君の病気のことも理解してくれるだろう。それならいい？」

にこやかに提案すると、ロザリーは首を横に振る。

「嫌よ、兄様。そんな、知らない人なんて」

「じゃあ認めるかい？」

ロザリーはまだ首を振っている。まるで壊れた振り子のように。

「……認めたくないならそれでもいいけれど、君の末路は変わらないよ。私は側室なんて要らないからね」

「なんで……どうしてっ？　だって私、別に正妃を望んでなんかないわ。自分でも無理だってわかってるもの。それでもだめだって言うのっ？」

「ああ、だめだよ。当然だろう？　私が愛しているのはフェリシアだけだ」

「愛されなくてもいい。そんなの、最初から望んでない。望めないってわかってる。だって兄様は、これまでどんな女性に言い寄られても絶対に断ってたじゃない。だから、兄様は誰も愛さない、国のために尽くす人なんだって思ってた。だから正妃になる人だって、私と同じ可哀想な飾り物なんだって、そう思ってたのにっ。なのに、なんで……！」

「どうしてフェリシアは違うのかって？」

「っ、そうよ！　だってそれじゃあ、私が惨めだわ！　私だけが病気のせいで愛されないなんて、そんなの酷いじゃないっ！」

　ウィリアムは呆れて物も言えなかった。

　ウィリアムがロザリーを選ばないのは、病気のせいではない。

　これまでに自分の心を求めて交際や結婚を申し込んできた女性と同じ、どうやら従妹もこちらの表面しか見ていなかったようだと残念に思う。

　特にロザリーは、従妹である分、他の女性より距離は近かったはずなのに。

　ウィリアムは優しいわけではない。紳士的なわけでもない。

　ましてや、誰も愛さない男ではない。国のためだけに生きられる男でもない。

　たった一人のためだけに生きられないからこそ、国のためだけに生きることもやめた、どうしようもない男だ。

　それをロザリーに思い知らせるために、全ての仮面を外す。

「ロザリー、二度は言わない。今度フェリシアに何かしたら、そのときは公爵家も潰すから覚悟しておくといい。次に従妹以上の感情をもって私に近づいてきたら、君を早々にどこかの貴族に嫁がせることも厭わないよ。私が優しい人間に見えていたなら、それは全てフェリシアのおかげだ。仮にも私の従妹なら、早くそれに気づくべきだったね」

それだけ言うと、ウィリアムはさっさと部屋を出て行こうとした。

ロザリーが膝から崩れ落ちたところが視界の端に映ったが、それを支えてやることはもちろんしない。

部屋を出て、非情にも扉を閉める。

「いや〜、なんつーか、さすが殿下って感じでしたね」

廊下で待ち構えていたらしいゲイルがすかさず声をかけてくる。夜会に紛れても違和感のないかっちりとしたテールコートが、全く似合わない男である。

歩き出したウィリアムを追いかけるように、ゲイルは隣に並び、見張らせていた部下が後ろについた。

「敵に情け容赦は必要ないだろう?」

「敵ってか従妹ですよね?」

「そう思っていたのが私だけだったなら、もはや従妹とも思わないな」

「うわ、つっめた〜。あのお嬢さんも、こんな男のどこが良かったんですかねぇ?」

遠慮も何もない感想に、ウィリアムは小さく吹き出した。

「そうだね。それは私も知りたいところだ」

自分の内面を知ってもなお慕ってくれる人間が少ないことを、ウィリアムは正しく理解している。だから仮面を被り、優秀で優しい王太子を演じるのだ。

それゆえに、この内面を知っても自分を好きになってくれたフェリシアを、どうしたって逃がすことはできないだろう。

「で？　騒ぎの前に紹介した貿易商の彼とは、うまく話せたかい？」

瞬時に仕事モードに切り替えて、ゲイルに成果を問う。

「もうばっちり。あの人いい人ですよねぇ。殿下の紹介だからって、結構業界の裏のことまで話してくれましたよ。殿下の読みどおりでした。以前から資金調達という名目のもと、美術品なんかの売り込みが教会からあるそうです。その中には、プレートアーマーもあったとか」

「中身は」

「彼はそれに携わっていないそうなので、知人の貿易商にすぐに確認してくれるみたいっすよ」

「いや、それだと遅い。昨夜フェリシアのおかげで偶然見つけたとはいえ、そこを屋敷の騎士に見られている。一応誤魔化してはおいたけれど、当主に報告されて、中が空洞のはずなのに押してもびくともしなかったそれに、私が気づかないはずがないと思われたらアウトだ」

「あ～、じゃあ王女さんの騎士さんに頼みます？　たぶん今はこの屋敷の美術品を調べてるはずですけど」

「ライラはだめだ。そちらに集中させたい。おまえが行け」

「え、俺っすか？　嫌ですよ面倒くさい。てか人使いが荒いんですよ、殿下は～。王女さんの騎士さんだって、王女さんには休暇ってことにしてるんですよね？　なのに仕事させられて、かわいそ～」

「その可哀想なライラの負担を、おまえが代わってあげるといいよ」

「やめて。そんないい笑顔で俺の良心を試さないで」

広間に近づくにつれ、自然と騒がしい声が漏れ聞こえてくる。

まずはフェリシアの許に行かなければと考えていたとき、その騒がしさの中に異様な空気を察知して、ウィリアムはぴたりと足を止めた。

ゲイルもいつもの軽薄さを消している。

「殿下、たぶん悲鳴が混じってます」

「急ごう」

他人の屋敷であろうと気にせず三人は走り出した。

角を曲がって広間の入り口が見えたとき、そこから必死に逃げ出してくる人々を同時に視認する。

「ゲイル、おまえは状況を確認し次第ライラにこのことを伝えろ。それと、休憩室で泣き崩れているお姫様を私の許に避難させるよう指示しておけ。それを伝えたら、外に散らばっている者たちをかき集めて、また戻ってこい」

併せて、もう一人の部下には聖女の派遣要請と浄化薬について指示を出す。彼はすぐに動き出した。

ゲイルは顔を引きつらせて。

「ってことは、殿下の目には瘴気でも見えてるってことですか？」

「最悪なことにね。広間から溢れてきてるよ。私はフェリシアの許に急ぐ」

「了解しました。んじゃ俺は、お先に状況把握してきま～す」

ゲイルとも別れて、人の波を一人逆流する。

（フェリシア）

嫌な予感がしてならない。

最近起こる事件は、どれも彼女を狙ったものだった。

瘴気が人に取り憑くこと自体が今までにはないことだったのに、その全てが彼女への悪意に満ちていたことが、どうにも引っかかっていた。

（魔物の咆哮が聞こえてこない）

今このときだけは、聞こえてほしかったと思う。

これが魔物の仕業なら、きっと彼女個人だけが狙われるということもないだろうから。

逃げてくる貴族をいなしながら、一心不乱にフェリシアの姿を探す。

(どこだ、フェリシア。それとももう逃げた?)

彼女が無事ならなんでもいい。目の前を通り過ぎようとした先ほどの貿易商の青年を、ウィリアムは遠慮なく捕まえた。

「すまない。私の妻を見なかったかい?」

「殿下! いえ、見ておりませんが、急いでここを離れてください。突然ブレドル伯爵が暴れ出したんです。まるで獣みたいに」

「ブレドル伯爵が?」

「ええ。もう訳がわかりませんよ。しかも伯爵の近くにいた貴族たちがどんどん意識を失って倒れていくんです。とにかく異常事態です。すぐに護衛と共に避難を」

「ありがとう、そうするよ。君も急いで避難を」

彼と別れ、けれどウィリアムは助言を無視して広間に入っていく。フェリシアが確実に逃げられたと確信できないのに、彼女を置いて逃げることなどできないからだ。

(いい加減、フェリシアが傷つけられたからといって冷静さを欠く癖をどうにかしないとな)

そのせいで彼女を一人にした。ロザリーにお灸を据えようと、それが脳の大半を占めてしまい、彼女にひと言「待っていて」と伝えることさえ忘れていた。

それを今、後悔している。

「フェリシア！　どこにいる⁉」

非常事態だ。声を荒らげようと咎める者はここにはいない。

意識のある人間はあらかた逃げたらしく、広間には我を失ったように暴れている伯爵と、意識を失い倒れている者だけが残っていた。物は倒れ、散らかり、ガラスの破片が飛び散っている。

嫌な予感のとおり、ウィリアムの特別な目には伯爵から漏れ出る瘴気が見えているが、フェリシアの姿はどこにも見当たらない。

「フェリシア、いたら返事をして！」

そのときだった。

「君の愛しい彼女なら、ここにいますよ」

この混乱には相応しくない、落ち着いた声が耳に届いた。視線を移した先に、見覚えのない銀髪の男が立っている。顔に目の部分だけ穴を開けた地味な仮面をつけていて、その相貌が確認できない。

だが、その男の登場以前にウィリアムが驚いたのは、男がエスコートするように手を引いていたのがまさに探していたフェリシアだったからだ。

彼女はふらついている。その緑の瞳に、ウィリアムの知る光はない。

すっと目を細める。

「フェリシアに何をした？」

人は沸点を超えると、意外にも静かな声が出るらしい。ウィリアムは久々にこの感覚を味わっていた。

「銀髪か……もしかして、おまえが最近フェリシアの周りをうろついていた男かな？」

実はウィリアムは、フェリシアと喧嘩した一因である男の調査を、彼女には気づかれないよう密かに続けていた。彼女を自分から奪う原因となり得るものは、一欠片も放置しておきたくなかったからだ。

しかしその男がなかなか見つからなくて、ずっとヤキモキしていたところだったのだ。王太子の権限をもってしても見つからないことに、ウィリアムは次第に当初の嫉妬とは違う猜疑心を抱くようになった。

そしてようやくその男の特徴が銀髪だと判明し、居場所も摑めそうだったところに、これだ。

「ええ。そろそろ君の手が伸びてきそうでしたので、自ら出てきてあげることにしたのです。僕は追われるより追うほうが好きでしてね。ああ、いえ、追いつめるほうが好き、と言ったほうが正しいでしょうか」

男はゆったりとした話し方をする。

ウィリアムはこの声を、この話し方を、どこかで聞いた覚えがある気がしてならなかった。でもどこでだったかが思い出せない。少なくとも、最近のことではない。

（いや、そんなことよりフェリシアだ。さっきから目の焦点が合ってない。絶対におかしい）

伯爵は好き勝手に広間を破壊している。こちらを襲ってこないことが不思議なくらい、手当たり次第に暴れているようだ。

さらにおかしいのは、その伯爵に見向きもしない、正面にいる銀髪の男。グルと考えるのが自然だろう。

（まずはあの男の隙を突いてフェリシアを取り戻す。どうする。気を逸らして、その間にやるか？　いや、それには二人の距離が近すぎる。となると引き離すところからか？）

銀髪の男を牽制しながら、脳内でフェリシア奪還のための作戦を練る。

それを見透かしたように、銀髪の男が嗤った。

「ふふ。君が姫君を取り返そうと、懸命に思考を巡らせているのが手に取るようにわかります。僕の隙をどう突くか、策を練っては修正をかけているでしょう？　それを微塵も顔に出さないところは及第点です。ですが、一つのことに囚われるのは良くありませんね。

並行的に思考することを、君は学んでいるはずですよ？」

反射だった。いや無意識だった。その言葉を聞いてすぐ、ウィリアムは男の懐に飛び込んでいた。

その攻撃に反応しているくせに、男は余裕の態度を崩さない。直感的に、男の仮面の下には微笑が浮かんでいるような気がして、眉根を寄せる。

鼻腔が甘い匂いを捉えた。吐きそうなほど甘ったるい、バニラのような香り。

（まさか）

考えるより早く男の仮面を剝ぎ取った。その下から覗く、血のように赤い瞳。忘れられない——忘れたくても忘れまいと決意した、作り物の笑顔。

それは。その顔は。

「アルフィアス……！」

絶対に見つけ出して復讐すると決めていた、過去に王家転覆を謀った男が、手の届く距離にいる。

「そこまで熱烈に歓迎してくれるなんて、教師冥利に尽きますね。お久しぶりです、僕のかわいいお人形さん」

胸元のクラバットを摑む。そのまま床に押し倒した。

きっと今の自分は、稀に見る好戦的な顔で口角を上げていることだろう。

ああ、まさか、こんなところでこの男を見つけるとは。

「人形(それ)は卒業したんだよ」

――トラウマ(元家庭教師)の元凶。


『――良い夢を、姫君(ひめぎみ)』

誰(だれ)かの声で、ハッと目を覚ました。頭がズキズキと痛くてこめかみを押さえる。

(あれ、私、いったい何を……？)

今、誰か男の人の声を聞いた気がしたのに、それが誰だったか思い出せない。寝起(ねお)きのように頭がぼんやりとしている。

(寝起き……そっか、私、寝てたのね)

周囲を見回す。一人で寝るのにちょうどいいシングルベッド。ソファの代わりに買ったビーズクッション。部屋が暗い。でも薄(うす)い灰色のカーテンから、わずかに光が漏(も)れている。

(朝……？　なんだ、ジェシカより早く起きちゃったのね)

そう思って、ふと、ジェシカって誰だろうと思った。

(え、外国人？)

名前の響きからしてそうだろう。

けれど知り合いはみんな日本国籍のはずだし、身内にも外国の血が流れている人がいるとは聞いたことがない。

(日本……)

どうしてか、この響きをとても懐かしく感じる。生まれてこの方日本を離れたことなんてないはずなのに、なぜか遠い昔のように思う。

「おねーちゃーん」

部屋の外から妹の声が聞こえてきた。そうだ。今日は確か休日で、妹が一緒にゲームをしようと誘ってきたのだ。

(妹……ゲーム)

やはり変な感じがする。慣れているはずなのに、慣れていないようなその響き。

この部屋にしてもそうだった。自分のベッドはもっと大きかったような気がするし、ビーズクッションではなくベルベットのソファが置いてあったような気がしている。

「お姉ちゃん、まだ起きないの？　もうお昼だよ。早く起きてよ～」

「あ……ごめんなさい。今起きるわ」

とりあえず返事をすると、扉の向こう側から戸惑いの声が返ってきた。

「えっ。お姉ちゃん、なに今の口調？　なんかお嬢様っぽい。寝ぼけてるの？」

何を言っているのだろうと、思わずこちらも戸惑った。自分の口調はずっとこんな感じだったはずだ。

(あれ、でもやっぱり、違ったかも……?)

うーんと考えて、そうだやっぱり違ったな、と思い直す。語尾に「わ」をつけるだなんて、妹の言うとおりどこかのお嬢様みたいだ。

「ごめんごめん、寝ぼけてたみたい」

「やめてよ、ビビるから」

「だからごめんって」

部屋の扉を閉めると、二人一緒に一階のリビングへと下りていった。

「じゃーん! 今日布教したいゲームはこれです!」

昼食をとったあと、妹がいそいそと準備をして披露してきたのは、以前も布教された乙女ゲームだった。

「それ、前もやったよね?」

「そーそー。そんでバッドエンド入って私が怒ったやつな」

「我が妹ながら怖かったやつね」

「しかーし! これはそこから進んだ特別編です!」

「特別編？」

なんだろう。その言葉を聞いたとき、頭の中に何かの映像が過ぎった気がした。

黒髪の、紫色の瞳が印象的な、見惚れるほど美しい人。

途切れ途切れの映像の中、彼がこちらを振り返って、優しく微笑んだ。

「……ねぇ、それってさ。もしかしてだよ？　もしかして、ウィリアム殿下が側室を迎えるやつ？」

「えっなに、お姉ちゃん知ってんの？　えー！　やっと興味出てきたの!?」

「いや、そういうのとは、またちょっと違うような……？」

「え〜、そうなの？」

「あはは……」

「ちぇっ、残念。てかさ、お姉ちゃん今、ウィリアムのことウィリアム殿下って言った？　なんで敬称付き？　ちょっとウケる」

「いやいや何言ってるの。王太子なんだから、そんなの当然で、しょ……」

「えー？　そりゃそうだけど、ゲームのキャラだよ？　まあいいけど。そんなことより早くやろ。ね！」

妹との会話のズレが、なぜだかとても気持ち悪く感じる。

妹はさっそくゲームを起動して、るんるんと進めていく。慣れた調子でオープニングを飛ばして、画面に黒髪紫眼のイケメンを映し出した。

さっき頭の中に過ぎったイケメンと、同じ顔。

たまに意地悪な顔で笑うこともあるけれど、それでもいつも、優(やさ)しい表情でこちらを見つめてくる。それがたまらなくて、もっと見たくて、自分は彼の名前を呼んでいた。

「ウィ、ル……？」

何を口走ったのか、自分でもよくわからない。

でも、不思議とそれは、舌に馴染(なじ)む響きだった。

「ほらお姉ちゃん、どうぞ。お姉ちゃんもウィリアムが一番好きだって言ってたよね？だから特別にやらせてあげるね。で、そのままハマって。マジでお願いだから沼(ぬま)にハマって。周りに誰も仲間がいなくて本気で寂(さび)しいんだよ～っ」

妹が何か言っているけれど、全然頭の中に入ってこない。

ウィリアムがいる。画面の向こうに。なんで、と思った。だって彼は、いつも自分の隣(となり)にいてくれたはずなのに。触(ふ)れられる距離(きょり)にいたはずなのに。

妹はどんどんゲームを進めていった。布教したかったのではないのかと思ったけれど、妹は本当にこのゲームが好きだから、きっと自分もやりたくなってしまったのだろう。

「ねぇ、●●」

妹の名前を呼んだはずなのに、なぜかそれが音にならない。自分でもなんと呼んだのか覚えていない事態に、しかし異常だとは思わなかった。

「んー、なにー？」

「これ、ヒロイン、ヒロインの、名前は？」

「ヒロイン？　とりあえずお姉ちゃんの名前入れといたよ。〇〇って」

違う。違う。自分の名前はそれじゃないと、激しい抵抗を感じた。

違和感が塵のように積もっていく。

「あっ、出たな悪役令嬢ロザリー！　お姉ちゃん、こいつマジで手強いから頑張って。嫌がらせがめっちゃ陰湿なんだよね～」

「ロザリーって、病弱の？」

「そーそー。でもそれって子どもの頃の話で、もう今は完治してるけどね」

「完治？　あれ、そうだった？」

またた。違和感が降り積もる。

「そうだよ。なに、お姉ちゃん。そこは知らなかったの？　あれ全部演技だよ。ウィリアムの側室になるためのね」

「演技……」

そのとき、なぜか内心では「違う」と反射的に思った。あれは演技ではなかったと、まるでもう一人の自分が否定している。

「もうほんと酷いんだよ、ロザリーって！　王妃の仕事が面倒だからって、そういうの全部ヒロインに押しつけようとしてくんの！　しかもウィリアムのことも自分のアクセサリーとしか思ってないんだよ？　マジでフェリシア以上の悪役だよねっ」

「――フェリ、シア？」

その瞬間、カチ、と。

ズレていた何かがはまったのを感じた。

「フェリシア……フェリシア？　そうよ、フェ、フェリシア、、、よ！」

「も～、だからそれがどうしたの」

「違うわ。私、あなたのお姉ちゃんだけど、そうじゃない。私がフェリシアなのよ」

「え？　何言って……お姉ちゃん本気で言ってる？」

妹の顔が困惑に翳る。でも今はそれに構っている余裕はなかった。

「これって夢なの？　どうすれば起きられるの？」

徐々にこうなる前のことを思い出していく。

画面の向こうでは、ウィリアムが顔の見えないヒロインとダンスを踊っていた。楽しそうで、なんだか二人だけの世界に浸っているような空気が伝わってくる。

「なっ、ウィルの浮気者！」

違うとわかっていても口から文句が出てしまった。リモコンの電源ボタンを押して、自分の知らないウィリアムを遮断する。

「どうしよう。そもそもこれ、どういう原理？　早く目を覚まさないといけないのに」

自分の部屋に行けば何かあるだろうかと、リビングを出て行こうとする。あそこはこの世界で目を覚ました場所だ。初心に返れとはよく耳にする。

しかし階段を上ろうとしたところで、妹に腕を摑まれた。

彼女は先ほどまでの明るさが嘘のように、俯いていて無言だった。

「ごめんなさい。今急いでるから、手を放してもらってもいい？」

夢の中の妹は、前世の妹そのものだ。姿も、声も、性格も。

(でも、夢なのよね？　ここ)

自信が持てないのは、それほどここがリアルだからだ。食べたご飯の味も、摑まれた腕の感触も、前世の我が家の匂いまで、何もかもが現実のようだった。

「行ってどうするの、お姉ちゃん」

妹が俯いたまま問いかけてくる。

「目を覚まして、どうするの？　だってお姉ちゃん、もうバッドエンドに入ってたじゃん。目を覚ましたって、ウィリアムがロザリーを側室にするところを見なきゃいけないだけだよ？　だから私、怒ったじゃん。ロザリーは陰湿だから、素直に対応しちゃだめなんだよって」

そう言われると、確かに前世でそうやって怒られたような覚えがある。他にも、お姉ちゃんってこういう駆け引き向いてないよね、と呆れられた覚えも。

「なのに行くの？　どうして？　このままここにいたほうが、きっとお姉ちゃんは幸せになれるのに。画面の向こうだけど、ウィリアムにも会えなくなるわけじゃないんだよ。それどころか、コツさえ摑めば何度もハッピーエンドを迎えられる」

妹の手を振り解こうとするけれど、存外力が強くて振り解けない。はたして前世の妹は、これほど力が強かっただろうか。

「それとも戻って、ロザリーに復讐する？　あいつ邪魔だもんね。あ、それがいいかも！　だってお姉ちゃん、ずっと辛い人生だったでしょ？　悪役なんかに転生させられてさ。ゲームのフェリシアより過酷な人生送ってるんだもん。だからその分、お姉ちゃんは幸せにならなきゃいけないと思うの」

そう言って顔を上げた妹の目が、記憶のものとは違う赤色に染まっていた。

それが、意識を失う前に見た、アルフィアスと同じ瞳に見えて——。

抵抗をやめて、妹と対峙する。

「じゃあ逆に訊くけど、幸せってなにかしら？」

「そりゃあ好きな人と一緒にいられて、苦痛も苦労も何もない、平穏な毎日を送ることだよ」

「ええ、確かにそれは、誰かにとっては幸せなのかもしれないわね」

「誰か？」

問い返す妹の目を見て、真っ赤な瞳を見据えて、強く頷いた。

「そうよ。だから私にとっては、それが幸せにはならないわ」

「じゃあどんな幸せならいいの？　大丈夫、どんなものでも叶えてあげられるよ。私に任せてよ、お姉ちゃん」

妹が貼りつけたような笑みを刷く。彼女はこんなふうには笑わないと知っている。

だから。

「結構よ」

摑まれていた腕を逆に摑んで、対抗するように睨み返した。

「あなたの助けは要らないわ。だってあなた、そもそも私の妹じゃないでしょ？」

握り返した腕がぴくりと反応する。

「あなたが誰かは知らない――もしかしたら私のただの想像なのかもしれない――けど、私はあなたの誘惑には乗らないわ。だって私、幸せは自分で摑みたいもの。人からもらいたいなんて思ったこともない。そうよ、私は、そういう人間なの。いつでも前を向いて、突き進む」

最後のほうは、自分に言い聞かせるように言葉にした。

乙女ゲームの悪役令嬢ロザリーが登場してからというもの、フェリシアはずっと後ろ向きだった。ずっと動揺していた。ゲームと同じ未来が待っていると信じ込み、ゲームのヒロインのようにバッドエンドの回避を目指していた。だってあまりにもゲームと同じ展開だったから。

でも、そこからして間違っていたのだ。

先ほど見た顔のないヒロイン。背格好はやはりサラに似ていたかもしれないが、その子はサラでも、ましてや自分でもない。

ということは、同じバッドエンドがあるとは限らないではないか。同じハッピーエンドがあるとも限らないではないか。

そんなことすら忘れて、本来の自分さえ見失っていた。

本来の自分は、後ろを向く暇があるなら前を向く、後悔より毒草を愛する、そんな人間だったはずだ。

それに。

「今の私にとっての現実は、あっちだもの。人生の途中にエンドなんてないでしょ？　だからまだ、そんなの迎えたくないわ。私はウィルと、まだまだ長生きするつもりなんだから！」

そのとき、世界が音を立てて割れた。まるで鏡が割れたように、パラパラと崩れていく。

いくら夢でもこれはなんかまずいのでは？　と内心焦っていたら、前世の妹に似た何かが、腹を抱えて笑い出す。

「ははっ、あははははっ。さっすがお姉ちゃん。その微妙な天然っぷり、懐かしい。変わってないな～」

目を瞬く。なぜ大笑いされているのか。そしてその「微妙な天然っぷり」という言葉。懐かしいはこちらのセリフだ。

お互いを拘束していた腕は、いつのまにか外れていた。

「ねぇ、やっぱりあなた、妹なの？」

その瞳の色から違うと思ったが、先ほどの言葉で混乱している。

だって自分にそんなことを言うのは、記憶の中では前世の妹くらいのものだからだ。彼女曰く、完全な天然ほどではないから、微妙な天然ということらしい。不服だと機嫌を悪くした記憶が、ちゃんと残っている。

「んー、半分正解で、半分不正解。私はお姉ちゃんの記憶を基に具現化されてるけど、若干干渉もされてるから」

「干渉って、アルフィアスに？」

そうとしか考えられないけれど、ならじゃあ、アルフィアスという男は何者なのだろうという疑問が湧く。

そういえば彼は、フェリシアに瘴気を取り憑かせようとしていた。

(じゃあまさか、これまでの事件も、全部?)

アルフィアスの仕業だというのか。王妃のときの事件を考えれば、確かに辻褄は合うかもしれないが。

「お姉ちゃん」

そこで思考の底から引き戻された。

「私ね、どうやら今は干渉されてないみたい。お姉ちゃんがあの世界を壊してくれたからかな。お姉ちゃんは転生者だから、やっぱり特別なのかもしれないね。だからこれは、お姉ちゃんの記憶の中の私から、最初で最後のアドバイスだよ」

言いながら、妹が地面を指差した。

妹の言う世界が崩れ、今周りは暗闇が広がっている。明かりはないけれど、なぜか妹の姿も自分の姿も見えているのは、やはりこれが夢だからだろうか。

ただ、妹が差した先には、ただの暗闇ではなく、鏡みたいな大きな円があった。その中に何かが映っている。妹に促されて覗いてみると、映っていたのはつい先ほどまでいたはずの広間だった。

あんなに煌びやかで豪奢だったそこが、見るも無惨なことになっている。魔物でも現れたのかと思うほど物は散乱して、庭に面している窓は割れていた。人も何人か倒れていて、いったい何があったのかと動揺を隠せない。

「これね、今あっちの世界で起きてること」

「え、現実なの⁉」

「そうだよ。お姉ちゃんも知ってのとおり、あそこはゲームじゃない。だからゲームとは違うことが起こってる。ほら、ウィリアムも……」

すいっと動いた妹の視線を辿った。

(嘘でしょウィル。まさかこんな、どう見ても危ないところにいるの？)

そんなはずはないと思いたいが、もし彼がこの惨状の中にいるのなら、ロザリーと休憩室に行ったあと会場に戻ってきたということだろうか。まさか倒れている人の中にはいないわよねと、目を凝らした。

しかしその中にはいない。安堵するけれど、じゃあいったいどこに、と思ったとき。

鏡の端の方で、取っ組み合っている誰かが映った。

「ウィル！　と、アルフィアス⁉」

ウィリアムがアルフィアスを押し倒して、酷薄に笑んでいる。

二人が争っているということは、ウィリアムがアルフィアスの悪事に気づいたということか。

「ねえこれ、どうしたら戻れるの⁉」

ウィリアムに加勢したい。二人の状況もどうなっているのか知りたい。鏡に触れても何も起きないから、妹に訊ねてみた。

「私じゃ、もう、無理、なんだ。だからあとは、がんば……て」

妹の姿が、急にノイズが走ったように歪み始める。

「おね……ちゃ……なら、だい……よ」

最後、妹の名前を呼んだけれど、彼女はぷつんと消えてしまった。

突然の静寂の中、しばらく呆然としていた。

が、ふと耳が雑音を拾う。恐ろしいほどの静寂だったから気づけたくらいの、わずかな音。どこからするのかと思っていたら、それは鏡の中から聞こえてきた。

慌てて膝をついて耳を澄ます。ウィリアムの声だった。

『なぜおまえが今さら出てきた？　このタイミング……伯爵の瘴気と関係ないわけがない。全部、おまえの仕業か』

それは聞いたこともないような、低く、恨みのこもった、苦痛を伴った声だった。

『瘴気？　さて、なんのことでしょう。僕はただ、昔のかわいい教え子に会いに来ただけですよ。ブレドル伯爵はそういえば麻薬に手を出しているという噂がありましたね。そのせいで錯乱状態に陥っているだけでは？』

『はっ、なるほどね。そういう筋書きかい？』

やはりいつものウィリアムと違って、どこか乱暴で、投げやりな様子だ。

（それに今、昔の教え子って言った？）

つまり、アルフィアスはウィリアムの家庭教師だったということか。

おそらく王太子である彼には、何人もの家庭教師がいたことだろう。しかし家庭教師と聞いてフェリシアが一番に思い浮かべたのは、彼が痛みを堪えて打ち明けてくれた、トラウマの元となった家庭教師のことだった。

ウィリアムが心を閉ざす原因を、作った人物。

（嘘……じゃあまさか、アルフィアスがその家庭教師だったっていうこと⁉）

彼に勉強を教えてもらったときのことを思い出す。納得できるほど講師が板についていた。

そして、フェリシアが意識を失う前に見た、彼の昏い瞳。

（そんな……！）

自分の浅はかさを殴りたくなった。知らなかったとはいえ、じゃあフェリシアは、ウィリアムを傷つけた人間をずっと庇っていたということになる。

『おまえが瘴気とどう関係しているかは知らない。だが今となってはどうでもいい。ここに現れた時点で、どうとでも罪はでっち上げられる。おまえが教えてくれたことだよ、アルフィアス』

『ええ、合格です。王とは光ある存在ではいけません。闇を背負ってこそ、真の王となれるでしょう。闇を背負い、背負いきれなくなって、堕ちていきなさい。そうすれば、今度こそ君は僕のかわいい人形になれる』

アルフィアスの手がウィリアムの頬へと伸びる。

それをウィリアムが鬱陶しげに払った。

『残念だけれど、昔と同じようにおまえの思惑どおりにはならないよ。私は私の光を見つけた。彼女がいる限り私が闇に堕ちることはない。――さあ、フェリシアに何をしたか、いい加減教えてもらおうか』

ウィリアムの言葉を聞いて、フェリシアはそこで初めて鏡の中の自分に気づいた。争う二人から少し離れた位置で、ぼーっと立っている。目の焦点が合っていない。我ながら何をしているのだと苛立った。

「ちょっと、なんでウィルがピンチなのに突っ立ってるだけなの⁉　助けなさいよ！」

と叫んでから、いやでも自分はここにいるわね？　と思い直す。

「え、あれ？　私はここにいて、あっちにもいて？　ここは夢の中で、あっちが現実で？　あれ？　ん？　意味がわからないわ……」

せめてあっちの自分の意識がなければ、まだ理解はできただろう。

意識がこちら側にあるせいで、あちらの自分はただ眠っているだけ、そう解釈できる。

しかし、あちらの自分も、ぼーっとしてはいるけれど、目は開いている。

どういうこと、と頭を抱えたとき、鏡の中で動きがあった。

『いいでしょう。教えて差し上げます。彼女は君よりひと足先に、僕の人形になってくれました。彼女を一人にするべきではありませんでしたね、ウィリアム。不合格です』

――フェリシア。

名前を呼ばれる。ウィリアムに、ではない。アルフィアスに。

すると、微動だにしなかった鏡の中の自分が、ぴくりと顔を上げた。

『良い子です、フェリシア。さあ、僕のかわいいお人形さん。僕のために彼の心を殺してください』

フェリシアは「はあ⁉」と叫んだ。誰がそんな命令に従うものか。

けれど心とは裏腹に、鏡の中の自分は動き出す。

『フェリシア……？』

ウィリアムの声が震えた。信じられないと、その声が現実を拒絶している。フェリシアも信じられなかった。

『⁉　フェリシアに、瘴気……？』

続いた彼の言葉に愕然とした。自分にも見えてしまったからだ。黒いモヤが、自分の身体から少しずつ漏れ出ているところが。

そこでフェリシアは、自分が意識を失う前のことを思い出した。

「そういえば私、アルフィアスに無理やり瘴気を……」

あれはおそらくそのせいだろう。でもだからといって、なぜ自分がウィリアムを殺さなければならないのか。なぜ彼を害する命令に、自分は素直に従おうとしているのか。

「ちょっとそこの私！　やめて、やめなさい！」

鏡を思いきり叩く。割れない。力を込めて踏んづけた。飛び跳ねたりもしてみるけれど、鏡は割れそうで割れない。

『さあ、久々の講義の時間ですよ、ウィリアム。愛する人か自分か、選んでごらんなさい。正解すればまた昔のように褒めて差し上げます。僕に褒められるのが、君は何より嬉しいと言っていましたもんね？』

ギリ、とウィリアムの歯ぎしりがここまで聞こえてきそうなほどだった。取り繕うこともできず、あれほど憎しみを露わにした彼は初めて見る。

眉間にしわを寄せ、奥歯を噛みしめ、あるいは泣き出しそうな表情の彼は、いつもより幾分か幼く見えて、それが余計にフェリシアの胸を締めつける。

きっと彼は自覚していない。今自分がどんな顔をしているかなんて。

トラウマを目の前にして、おそらく過去の恐怖も少なからず蘇っているのだろう。できることならそんな彼の許に飛んで行って、力一杯抱きしめてあげたい。怖いことなんて何もないのだと、そう伝えるために――。

「ウィル、だめ、逃げてウィルっ」

ウィリアムはアルフィアスの上から退くと、すっと表情を消した。

身体から力を抜き、ふらふらと近づくフェリシアと向き合う。

「ウィル、何してるの、早く逃げてったら！」

鏡を力の限り叩く。どれほど手が赤くなって、鈍痛を感じようと、構わず叩き続けた。

『フェリシア』

彼が腕を広げる。まるでいつものように「おいで」とでも言うように。

「っ、馬鹿なんですの⁉　そこは受け入れるところじゃありませんわよ！」

鏡の中のフェリシアの手には、銀色に輝くナイフが握られている。角度のせいで見えていなかったようだ。

それを認めた瞬間、フェリシアはぞっとした。恐怖と怒りの限界を、瞬間的に超えた。

思考が白く焼き切れる――。

『愛してるよ、フェリシア』

「ウィル――‼」

――パリンッ。

自分の絶叫とともに、鏡が割れる音がした。

身体が重力に引っ張られるような感覚と、目を開けていられないほどの光を感じる。

やがてそれが収束すると、自分の身体が温もりに包まれていることを知覚した。そのとき鼻を掠めたのは、フェリシアが何よりも安心できる、甘さとほろ苦さの混じった彼の匂いで。

カラン、と床に金属がぶつかる音がした。

「いま、のは……」

頭上から、鏡越しに聞いていた彼の声が落ちてくる。

フェリシアはそれに応えるように、自分を抱きしめる彼を見上げる――まるで、恋人の敵でも睨むかのように。

そのままビンタした。

「えっ」

次にアルフィアスの許へずんずんと大股で向かうと、ウィリアムにしたよりも強い力で頬を叩いた。パーンッ、と小気味のいい音が広間中に響き渡る。

「最低だわ、あなた」

アルフィアスは、叩かれて赤くなった頬を押さえながら、呆然とフェリシアを見つめて

いる。

「最低よ！　人を人形とか、道具のように扱って！　ウィルにトラウマ残したくせに、また傷つけようとして！　しかも私を使うなんていい度胸してるじゃないっ。ウィルが私を傷つけるはずないってこと、知っててやったでしょ⁉　私が、ウィルを傷つけて、絶望するってわかっててやったでしょ⁉」

泣きたくなんかないのに、涙が勝手に溢れてくる。ぼろぼろと、こんなにみっともなく泣くのはいったいいつぶりのことだろう。

「酷いっ……酷いわアル――」

フィアス、と続けようとした言葉は、しかしそのアルフィアスが手首を乱暴に摑んできたことで遮られる。

痛みで顔を顰めた。

「なぜ」

ぐいっと力任せに引き寄せられる。

「なぜ、瘴気が浄化されているんです？」

アルフィアスは怖いくらいの真顔だった。いつだって慈悲深い微笑みを浮かべていた、その面影すら消えている。

そこで身を竦ませたフェリシアを助けてくれたのは、ウィリアムだ。彼は後ろからフェリシアを自分の腕の中に囲うと、すぐさまアルフィアスと距離を取った。

「勝手に触らないでくれるかい？」

　すると。

「ふ、ふふ、ははっ、あははははは！」

　急にアルフィアスが、堰を切ったように笑い出した。

　後ろにいるウィリアムが警戒を強めたのが伝わってくる。

「あー、おかしい。僕は人間の愛ほど歪んだものはないと、常日頃から思ってますけれど」

　そう言いながら、アルフィアスは目尻を拭う。涙が出るほど何がおかしかったと言うのか。フェリシアも警戒を強めた。

「愛ほど人を愚かに、そして豹変させるものもありません。そうは思いませんか、姫君」

　口元も、目元も、綺麗な弧を描いているのに。アルフィアスのそれは、得体が知れなくてぞっとする。

　ウィリアムの仮面とはまた違う。アルフィアスの場合は仮面に見えない。仮面をつけているというよりは、彼自身が作り物のような、そんな感じがして。

「実はですね、僕はこれまでずっと、僕の人形が完成するのを心待ちにしていたんですよ」

　突然話が変わり、わずかにたじろぐ。

　が、それを表に出さないよう、強がるようにアルフィアスを睨めつけた。

「素材も自分で見つけて、丁寧に丁寧に中身を作り上げて、仕上げは一気に縫い上げた。あとはその人形が、僕の作り上げたとおりに動くだけだったんです。僕はそれを心待ちにしていた」

　ウィリアムの腕がぴくりと動く。これは比喩だ、とその反応でわかった。アルフィアスは、過去のウィリアムについて語っている。

「人形が正常に動いてくれれば、僕は楽して欲しいものを手にできたのです。闇に堕ちた君主なんて最高でしょう？　しかしその人形に、勝手に命を吹き込んだ人間がいましてね？」

　アルフィアスの目がフェリシアを捉える。それが自分のことなのだろうと、言われなくても理解した。

「僕が何を言いたいか、今までの話から読み取れますか、姫君？　ああ、ウィリアムはさすが、僕が作り上げただけのことはあります。その顔はわかっているようですね」

「……おまえに作られた覚えはないけれど、ようはフェリシアの存在をその頃から知っていたと言いたいんだろう？」

「正解です」

　フェリシアは目を瞠った。その頃とは、じゃあフェリシアがこのシャンゼルに来る、ずっと前ということだ。

「言ったでしょう。僕は僕の人形が完成するのを、心待ちにしていたと。その人形もどきのことは僕なりに見守っていたんです。なのに勝手に命を吹き込まれて、勝手に感情を教えられた。感情を知ったそれはもはや人間です。もどきにすらなれません」

「なっ、当然よ！　ウィルは人間よ。人形とは全然違うわ！」

だって、たとえフェリシアが何かをしなくても、ウィリアムは最初から人間だ。ちゃんと感情を持っていた。

「だから僕はあなたが嫌いなんですよ。姫君のように強い存在は、僕らを簡単に弾いてしまう。そう、だから、あなたには瘴気が影響しないのだと、そう思っていました」

ですが、とアルフィアスは続けて。

「どうやら違ったようです。試しに僕の力の大半を使ってなんとか意識を奪ってみましたけど、やはり自ら意識を取り戻している。本来ならあり得ないことです。予定ではここであなたとウィリアム、想い合う二人で傷つけ合ってもらって、両方に絶望してもらうつもりでしたが、姫君に関してはどうやらそういう問題でもないようだと勉強させていただきました。そもそもあなたには、瘴気が憑くはずがなかったんですね」

どうしてだろう。フェリシアはその言葉に、冷や汗が流れるのを感じた。

これはなんだ。焦燥か。でも何を焦る必要があるのかと、内心で自問する。

「姫君、あなたはいったい、〝誰〟なのでしょう？」

──ドクン。

心臓が一際大きく鳴って、止まった気がした。

（だれ、だなんて）

いったい何を言っているのかと、怒鳴り返してやればいい。私はフェリシア・エマーレンスだと、声を大にして自己紹介してやればいい。

少しだけ前世の自分が混じっているだけで、フェリシアはフェリシアなのだから。

でも、そう思うのに、喉が渇いて声が出ない。

「フェリシア？」

何も言い返さないフェリシアを不思議に思ったのか、ウィリアムが横顔を覗き込んできた。彼からすれば、そんな愚問はさっさと返してやればいいと思っていることだろう。

ただ、そうできない大きな心当たりが、フェリシアの口を縫い止める。

「以前僕は、あなたに瘴気について講義をしました。覚えていますか？」

もちろん覚えている。彼はどんな書物より詳しく説明してくれた。

「瘴気は言わばこの世界の一部です。それを拒絶できるのは、この世界ではないもの──たとえば異世界から来た聖女だけ。だからこそ、聖女は瘴気を浄化できるのです。あるいは拒絶している、と言ってもいいでしょう。そして同じ現象をあなたも起こした。僕がこの目で見ていますから、間違いありません。そうでなくとも、あなたはこの広間に漂っていた瘴気を、目を覚ますと同時に浄化しています。極めつけは、先ほどの光の柱」

「光の、柱？」

なんのことを言っているのだろうと、これには思い当たる節がなくて訊き返す。

「瘴気で自我を失っていたはずのあなたが自我を取り戻した瞬間、あなたから光の柱が現れた。いえ、光の柱があなたの許に落ちてきたんです。まるで、聖女を召喚したときのように」

そんな事態になっていたことを知らないフェリシアは、瞳を大きく揺らした。そういえばあのとき目を開けていられないほどの光を感じたけれど、それがその光の柱だったということか。

だとしても、フェリシアは聖女ではない。それだけは断言できる。

アルフィアスもフェリシアが聖女だとは思っていないようで、だから余計にフェリシアの正体がわからなかったと言う。

「ですが、やっとわかりましたよ。あなたは聖女として召喚されてはいないものの、同じ異世界からの来訪者です。そう考えれば全ての辻褄が合います。では、ここで先ほどの僕の言葉に戻りましょう」

先ほど？　フェリシアは首を捻った。なんだかアルフィアスの講義を受けていたときと同じ流れになっている。

「僕は言いましたよ。『愛ほど人を愚かに、そして豹変させるものもありません』と。姫君に問います。あなたが異世界からの来訪者だとして、ではいったいいつから、あなたはその身体に入っているのです？」

は？　と心の中で盛大に声を上げた。

だって、いつからなんてそんなこと、最初からに決まっている。最初から、フェリシアはフェリシアとして生まれて、確かに途中で前世の記憶が戻ったけれど、それでもフェリシアがフェリシアであることには変わりない。

自分でもそう解っているはずなのに、どうしてこんなに心がざわついているのだろう。

フェリシアを守るように抱きしめていた腕が、そっと解かれた。

「フェリ、シア？」

ウィリアムを振り仰ぐ。名前を呼ばれた反射だった。

でも、振り返るのではなかったと、フェリシアは彼の疑惑を映した瞳を見て思う。

そこで初めてフェリシアはアルフィアスの意図を理解した。

アルフィアスにとっては、フェリシアがいつからこの身体の中にいようとどうでもいい。もっと言えば、この身体の中にフェリシアでない人間がいなかったとしても、どうでもいいのだ。

彼はただ揺さぶりたかっただけなのだから。

ただウィリアムを、再び絶望の底に叩き落としたいだけなのだから。

愛する人が、自分に感情を教えてくれた人が、もしかしたら別人かもしれない。

そんな猜疑心を、ウィリアムに植えつけたかっただけのこと。

「ウィリアム。よく思い出してみなさい。君だって彼女が瘴気に影響されないところを目の当たりにして、不思議に思ったでしょう？　彼女の記憶が曖昧で、悲しい思いをしたでしょう？　それら全て、彼女の中身が異世界から来た別人だと考えれば、全て納得できるのでは？　君は、君が本当に愛する人を、その異邦人に奪われたんですよ。そして何食わぬ顔で、その異邦人は君の愛を享受している。これが許せますか？」

よくもまあそんなに口が回るものだと、フェリシアは腹が立って仕方なかった。

（しかもなんか、一見辻褄が合ってるからタチが悪いわ……！）

まさか自分の記憶力のなさが、ここで問題になろうとは。

いや、幼い頃のウィリアムとの思い出は、何もフェリシアの記憶力のなさが原因ではない。彼のことをなかなか思い出せなかったのは、あの記憶がフェリシアにとって幸せなものだったからだ。

辛い日々の中、幸せな記憶に縋って弱くならないよう、無意識に閉じ込めた記憶だった。

でも今ここでそんなことを言い張っても、ただの見苦しい言い訳にしかならないだろう。

（どうしよう。だったらなんて言えばいいの。転生のこと、ここで話す？　信じてもらえる?)


それこそ、その場の苦し紛れの言い訳に聞こえてしまいそうだ。

「ウィル、待って。違うの、私……私はっ」

どう言えばいい。何を言えばいい。にこにことこの状況を愉しんでいるアルフィアスの言い分を、どうしたら覆せる。

考えれば考えるほど焦りだけが生まれる。沈黙が続けば続くほど、アルフィアスの言葉を認めているような気がして、また焦る。

悪循環だとわかっている。でも何か言わなきゃと、そればかりが頭を占めてしまう。

だってもしウィリアムが、アルフィアスの言葉を信じてしまったら?

フェリシアを別人だと判断してしまったら。

――〝愛ほど人を愚かに、そして豹変させるものもありません〟

アルフィアスの言葉が蘇る。

ウィリアムはもう、あの愛しくてたまらないという瞳で、自分を見てはくれなくなるのだろうか。そうして、別の人を愛するようになるのだろうか。

そんなこと、想像もしたくない。

「ウィル、聞いて。違うの。私、別人とか、そんなんじゃない。本当に最初から私よ。変わってなんかない。う、嘘っぽく聞こえちゃうかも、しれないけどっ。でも本当に私、ずっとウィルのこと、ちゃんと覚えてたわ！」

　しゃくり上げるような声が出る。

　彼の目を見て疑いを晴らしたいのに、彼のほうが俯いていて視線を合わせようとしてくれない。

　それが余計に、不安を煽る。

「なんで瘴気に影響されないのかは、私だってよくわからないもの。そんな実感もないし、アルフィアスが嘘をついてる可能性だってあるでしょ？」

「いいえ、僕は本当のことしか言ってませんよ」

　思わず彼を睨む。余計な口を挟まないでほしい。

　でも今は構ってられないと無視をした。

「とにかく私は、生まれたときから私よ。あなたが私のどこを好きになってくれたかはわからないけど、でも、何も変わってないわ。私があなたを好きなのも、あの頃から変わってない。お願いだから信じて……っ」

　そのとき。

「え？」

　ようやくウィリアムが顔を上げてくれた。そこには意外そうな表情が浮かんでいる。

「フェリシア、今のどういうこと？　あの頃からって……じゃあ君は、初めて会ったあのときに、もう私を好きでいてくれたということ？」

あ、と口を開ける。二人の間にさっきとは別の沈黙が流れる。

「えーと、はっきり自覚はしてなかったですけど、気になる男の子、では、ありました」

だからフェリシアは、あの思い出を大切に閉じ込めたのだ。辛い日々の中で、あの思い出まで塗り潰されてしまわないように。

今にして思えば、きっと兄にはそれさえ気づかれていたのだろう。でなければ、実は自分に求婚してくれていたという従兄のテオドールに嫁がされていても、なんらおかしくはなかった。

兄の思いを知った今だからこそ、見えるものがある。

兄はフェリシアを求める者を選んだわけではなく、フェリシアが求めた者を選んでくれたのだ。

「そう……そうだったんだ。ああごめんね、フェリシア。私は君のことはちっとも疑っていないよ。昔のように私を思うまま操れると思い上がっている、可哀想な男の言葉なんて、耳に入れる必要もないと思っているからね」

「えっ、え？」

ここで困惑を見せたのは、何もフェリシアだけではない。アルフィアスも同じだ。

「そもそも私がフェリシアよりそこの怪しい男の言うことを信じるなんて、まずもってありえない。だいたい、私が君を他の誰かと間違えると思われているのも心外だね」

「ご、ごめんなさい?」

「いいや、君が謝る必要はないよ。私の想いがその程度だと見くびった、あっちの優男に怒っているだけだから」

にっこり。ウィリアムがいつもの仮面で微笑んだ。自分でもびっくりすることに、とうとうフェリシアはその仮面にすら安堵感を覚えてしまった。

鏡を通して見たウィリアムは、この仮面をつける余裕すらなさそうだった。

この仮面があるということは、ある意味調子が戻ってきたということで、フェリシアはそれに安堵したのだ。

「でも時間稼ぎのためとはいえ、ごめんね、すぐに返事をしなくて。不安にさせたことは謝る。償いとして、今度君の好きなものをプレゼントさせてね」

「え? いえ、わかってもらえれば、私はそれだけで」

というより今、時間稼ぎと言わなかったか。どういうことだろう。

「いや、だめだ。贈らせて。じゃないとさすがの私も胸が痛い」

彼がそこまで言うなんて珍しい。

と、思っていたら。

「本当に……フェリシアを不安にさせておきながら、顔が今にもニヤけそうなんだ。さすこうとしたとき。

彼が意味不明なことを宣った。顔がニヤける？　なんで？　と彼の真意を脳内で噛み砕

がに決まりが悪いよね」

「まあ仕方ないっすよねぇ、殿下がそうなるのも。だって子どもの頃から好きだったって、王女さんに告白されたようなもんですもん」

聞き慣れたゲイルの声が聞こえてきて、きょろきょろと周囲を見回してみる。「上です、上〜」の声に従って見上げれば、相変わらず神出鬼没な男はシャンデリアの上にいた。

「ゲイル！　あなたなんてところにいるのよ⁉」

「いい眺めですよ〜。あ、ちなみに言うと、聖女さんは間に合ってませんけど、他はいっぱい連れてきましたからね〜」

それを合図にしたように、ドタバタと大勢の騎士たちが突入してきた。

その指揮を執っているのは、どう見てもフェリシアの騎士であるライラだ。彼女はフェリシアの視線に気づき目礼すると、ウィリアムへ何かを報告しに行ってしまう。

（あれ、ライラって確か、休暇中だったはずじゃ……？）

瘴気を浄化されて気を失っている伯爵とアルフィアスを囲うように、騎士たちが構えた。

「……おかしいですね。この短時間でこれほどの騎士を集めるには、前もって準備をしなければ為し得ないはず……。それに僕の記憶では、騎士団を動かすにもそれなりの理由が

アルフィアスが冷静に問う。とても切先を向けられているとは思えない沈着ぶりだ。

対するウィリアムは、そんなアルフィアスを嘲るように答えた。

「それがどうした？　いったいどういう絡繰かは知らないけれど、見た目と一緒で中身もあの頃から成長していないのかな。前もって準備をしなければ為し得ない？　それなりの理由が必要？　ああ、そのとおりだよ。そこは合っている。合格だ。けれど、私がいつまでもあの頃と同じだと思い侮ったのは、不合格だ」

それは、先ほどアルフィアスがウィリアムを評価したときと同じ言い回しだった。

完全にやり返される形になったアルフィアスは、ここで初めて目元を歪ませる。

しかしそれは一瞬で、すぐにまた作り物よりも歪な微笑みを浮かべた。

「だとしても、僕自身は何もしていません。むしろ僕は被害者です。姫君にビンタされましたからね」

何をいけしゃあしゃあと。こっちはそれ以上のことをされているのだ。

「あなたが私に瘴気を取り憑かせたこと、忘れてないわよ！」

「証拠は？」

「証拠？　そんなの――」

言いかけて、けれど何もないことに今気づく。

最悪なことに、目撃者もいない。

「で、でも！　私を使ってウィルを襲わせたじゃない！」

「それはむしろ、姫君が王太子を殺そうとしたのでは？　それを僕のせいにされても困りますよ。捕らえるべきは姫君と、麻薬のせいで無差別に人間を昏倒させた伯爵だけだと思いますが。先ほども言ったように、僕はただかわいい昔の教え子に会いに来ただけです」

ああ言えばこう言う。フェリシアは胸を掻きむしりたくなった。彼の言うことを完全に否定できないところが悔しくて仕方ない。

真実がどうであれ、確かにアルフィアスの言うとおりなのだ。彼がフェリシアに瘴気を取り憑かせて、ウィリアムを襲うよう命じた証拠がない。

せめて目撃者でもいてくれればいいが、あのとき伯爵は気を失っていた。それ以前に、伯爵自身も瘴気に取り憑かれて我を失っていた。

他に広間にいた客は、全員漏れなく瘴気にやられている。

敵を褒めたくはないけれど、さすが、ウィリアムの教師だった男だ。

あの仮面のような微笑みも、話し方も、こういうときのやり口や口が達者なところも、憎らしいくらい似ている。

アルフィアスを憎む今のウィリアムが、その癖から抜け出せないほど、幼い頃のウィリアムにとって彼は本当に大きな存在だったのだろう。

だからこそ、幼い頃のウィリアムを思うと、心を抉られるような痛みが走った。

「アルフィアス。ここでおまえが講義の前によく言っていた、復習の時間だよ」

フェリシアが内心で地団駄を踏んでいたら、ウィリアムが宥めるように頭を撫でてくれる。

彼はそのまま続けて。

「私は言ったね？『ここに現れた時点で、どうとでも罪はでっち上げられる』と」

アルフィアスがふっと鼻で笑う。

「ええ、言いましたね。結局君は、そうやって僕の教えたやり方でしか何もできないということです」

「いいや？そうでもない。おまえは無罪を有罪にすることも厭わないだろうけれど、私は有罪を有罪だと主張するだけだからね」

ウィリアムはそう言って、後ろにいるライラを振り返った。

ライラはいつもの無表情で、一人の少女を前に押し出す。その少女というのが。

「ロ、ロザリー様っ？」

フェリシアが恐れた悪役令嬢、ロザリー・イングラムがなぜかここにいる。

ワインの染みがついたドレスのままで、彼女は子鹿のように足を震わせていた。とてもあの気の強い少女には見えないほどの怯えっぷりである。

「ロザリー」

ウィリアムが名前を呼ぶと、彼女はついに歯まで鳴らし出した。何をそんなに恐怖しているのだろうと、過剰にも見える反応にぎょっとする。

「君が見たことを、ここで全部言ってごらん。もちろん言えるよね？　だって君は、王太子の側室になりたいと言っていたんだから」

え、と。一瞬、フェリシアの胸が痛んだ。でもそれは本当に一瞬だった。

どうやら言葉どおりの意味でないことは、ウィリアムの不穏な笑い方と、ロザリーの血相を変えた顔から察せられたからだ。

嫉妬とは違う、純粋な疑問が口から出ていく。

「あの、これはいったい、何があったんですの？」

「ああ、簡単なことだよ。少し甘やかしすぎた脳内お花畑の従妹に、現実を見せてあげたんだ。ほら、いくら公務の少ない側室といえど、こういう目に遭うこともあるんだよって、私なりの親切心だよ。社会見学は大事だもんね」

「しゃ、社会見学っ？」

嘘でしょ？　とフェリシアは広間を見回す。

だって、本当にこの、嵐が通ったときよりも酷い惨状の、この場所で、社会見学？

「それは……さすがに鬼畜すぎますわよ、ウィル」

言ってはなんだがドン引きだ。

恋敵とはいえ、今このときはロザリーに同情する。

「だけどほら、君だって試練を受けただろう？　なら側室にも試練は必要だと思うんだ」

いや思わないけれど。内容だけで言えば、どう考えてもロザリーのほうがハードだろう。

（しかもウィル、なんかちょっと怒ってる？）

アルフィアスにではなく、ロザリーに。

だからだろうか。彼が本気でロザリーを側室にする気がないとわかるから、フェリシアは妬心を感じない。

今まではそれでも焦燥感を拭えなかったけれど、あの夢なのかなんなのかわからない曖昧な世界で、ゲームと現実の整理をつけたおかげもあり、今は全く焦りも不安も感じなかった。

「ほら、ロザリー。私の側室になりたいなら、ちゃんと言ってごらん。まあ、たとえ言えたとしても合格にはしないけれどね」

「ちょっとウィル！　本当に鬼畜に磨きがかかってません⁉」

あまりに酷くて、思わず庇うようにロザリーを背中に隠した。すると。

「フェリシア、君は私よりロザリーの味方なの？」

なんだか前にも言われたようなことでまた詰られる。前は確か、王妃と比べられたのだったか。

　フェリシアの返す言葉は同じだ。

「あなたは面倒くさい女ですか！」

「だって君は誰にでも優しいから、私としてはそう確認したくもなるんだよ」

　絶対そういう問題ではない。状況も忘れて彼に文句を言い返すため、口を大きく開けた。

　が、後ろから誰かに袖を引っ張られる。

「ロザリー様？」

　振り返ると、目からどばっと涙を流すロザリーと視線が合った。

「なっ、だ、大丈夫ですかっ⁉」

　あまりの号泣に慌てふためく。子どもの癇癪でもここまで大量の涙は流さない。

　フェリシアがおろおろとしていると、ようやくロザリーが口を開いた。

「……じゃないっ」

「えっ？」

「～～っから、大丈夫じゃ、ないわ！」

　ですよね、と内心で相槌を打つ。

「なんっ……なんなのよ、これは⁉　全然意味がわからないわっ。な、なんか騒がしいから、逃げましょうって言われて、そこの女騎士についていったら、こんな場所に連れて来られて！　に、逃げたくても、足が竦んで動けなくって。女騎士はいなくなるし、リアム兄様はなんか怖いし！　しかもその銀髪は、リアム兄様を殺せって言ってて……！　なんで他国に来て、こんな目に遭わなきゃいけないのよっ？　もっ、いやあ〜っ」

わああん、とロザリーがフェリシアの胸に飛び込んできたのを、フェリシアは優しく受け止めた。

よしよしと頭を撫でていると、元凶であるはずのウィリアムは、美少女の涙も気にせず自分の欲しい言葉を引き出せてご満悦に頷いていた。

そうしてアルフィアスへと顔を向けると。

「さて、今のを聞いたね？　というわけだから、目撃者がいる。残念だったねアルフィアス」

さすが鬼畜。こんな状況でも笑みを浮かべているのは、ウィリアムだけだった。

騎士たちはかなり微妙な顔をしている。いや、普段から王太子の護衛を担っている彼らは、もはや慣れたように「また始まったよ」と遠い目をしていた。

少し前までは余裕の態度だったアルフィアスも、さすがに不機嫌を隠せないようだった。

「いいね。やっとおまえのそういう顔を見られて、私としては大いに嬉しいよ。子どもの頃の私にとって、おまえはまるで越えられない壁だった。何があっても動じないところを憧れもした。だからこそ、越えたいと思っていたんだ」

「君にそう思ってもらえたなら光栄です。では、僕をこのまま捕らえますか？　別に構いませんよ、僕としては」

少し投げやりではあるものの、アルフィアスはそう言った。

なんとなく違和感を覚えたフェリシアだったが、ウィリアムのほうは全てを見通しているように首を横に振る。

「おまえにとっては残念なことに、おまえを連れて行く理由はこの一つじゃない。出たんだよ、この伯爵邸だけでなく、他の貴族の屋敷――たとえばワイマーレ侯爵邸で発見されたリストからも、おまえの名前が」

ぴくりと、アルフィアスの片眉が小さく動いた。

もちろんウィリアムはそれを見逃さない。

「おまえがここにいたのは――フェリシアや私を狙ったこともあるんだろうけれど――一番はこれを隠しておきたかったからかな？　教会関係者の名前も大量にあったそうだけど、いつのまにそんな連中と付き合うようになったんだろうね？」

「…………」

「私としても予想外の掘り出し物だった。囮になった甲斐があったよ」

「囮？」

アルフィアスが怪訝そうに呟くと、ウィリアムは愉快そうに頷いて答えた。

「そう。私とフェリシアを囮にして、本隊として部下を潜入させていた。だってそうだろう？　私とフェリシアは祝宴週間中だよ。どうしたって目立つ。けれど、囮としてはこれ以上ない人選だ。おまえたちが私たちに気を取られている間に、部下が水面下で動いてくれた。おかげでかなりスムーズに調査ができたよ」

ウィリアムはそこで、ふふ、と馬鹿にするように息を吐いた。

「やっぱり見た目は変わらなくても、中身の時間は経過していたんだね？　こんな初歩的な作戦に乗ってくれるなんて、衰えたな、アルフィアス」

フェリシアは無言でその様子を見守っていたけれど、心の中では盛大に抗議していた。

（だからなんでそういうことを隠すんですの⁉）

どうりでウィリアムにしては作戦の立て方が甘いと思ったのだ。調査する場所が尽く「本当にこんなところに証拠があるの？」という場所だったのは、本隊の邪魔をしないためだったらしい。そりゃあフェリシアたちの調査では何も見つからないわけである。

ワイマーレ侯爵邸も、フェリシアたちの調査で何も見つからなかっただけで、本隊の調査ではちゃんと証拠を見つけていたらしい。

（ああもう、私も早く気づきなさいよ……！）

やはりどんなときもウィリアムはウィリアムであるらしい。彼が敵を追いつめるとき、甘くないことがない。

「まあ、といっても、リストではなく麻薬そのものを見つけたのはフェリシアだけれどね」

「へっ？」

急に話を振られて驚く。そんなもの、見つけた覚えはないのだが。

「では、僕からもよろしいですか？　そこまで見つけておいて、なぜ僕を殺さないのです？　証拠があるのなら、捕らえるときに暴れたから、などと言い訳はいくらでも立つでしょう。君は僕を殺したくて仕方がないはず。僕が衰えたというのなら、君は牙を失いましたね。それは君を守る大切なもの。牙なき王は舐められるだけですよ」

挑発とも取れるそれに、しかしウィリアムは肩を竦めるだけだった。

乗ってこないウィリアムが意外だったのか、それとも自分の挑発が不発だったことに腹を立てたのか、アルフィアスが初めて睨むような目つきをした。

「思ったより姫君に毒されていましたか。君はこの選択を必ず後悔しますよ、ウィリアム。あのとき僕を殺しておけば良かったと、必ず思うときが来る」

「そうだね――」

ウィリアムがそこで瞼を伏せる。だからフェリシアは、彼の左手を両手でぎゅっと包み込んだ。

アルフィアスの言葉に耳を貸しちゃだめだと、見つめる瞳で訴える。

フェリシアは、ウィリアムを犯罪者にするつもりはない。アルフィアスのような男と同じところに堕とさせるつもりもない。

するると、伸びてきた彼の右手が、そんなフェリシアの頭を軽く撫でてきた。

「おまえの言うとおり、きっと後悔する日が来るかもね。本音を言うならおまえのことは殺すつもりだったし、フェリシアに勝手に手を出された怒りも収まってない。でもね、そんなことをしてフェリシアに嫌われるほうが問題なんだよ。だから、私からおまえに言うことは、これかな」

ウィリアムはフェリシアの頭から手を離すと、勝ち誇ったような顔でアルフィアスに向き直った。

「ありがとう、アルフィアス。おまえのおかげで、私は誰よりも早くフェリシアの魅力を知ることができた。おまえが絶望なんてものを植え付けてくれたおかげで、私はフェリシアの輝きを見逃さなかった。絶望の中にいたからこそ、希望はより一層輝いて見えたんだ。その希望を大切にしたいと思ったから、彼女を愛することができたし、こうして共にいられる幸せも摑めた。おまえのおかげで、私は誰よりも〝人間〟になれたよ」

そう言ったウィリアムを、フェリシアは呆然と見上げる。

清々しい表情だった。得意げで、未練も後悔もない表情。

でもフェリシアが呆然としたのは、そんな彼の表情のせいではない。

彼が今放った言葉、笑み、それらは全て、フェリシアが姉への復讐として選んだやり方と同じだった。それに驚いたから、フェリシアは目をいっぱいに見開いてウィリアムを見上げたのだ。

姉はきっと、フェリシア自身が姉に毒を盛ることを望んでいた。フェリシアに毒を盛った自分と同じところに堕ちてこいと、そう望んでいた。

けれどフェリシアは、姉の望むとおりになんてなりたくなかった。

だから痛みも、苦しみも、辛さも。全てを呑み込んで笑ってやったのだ。それが一番の復讐だと知っていたから。

（ウィルも、もしかして——）

目が合ったウィリアムは、泣きたくなるほど優しげな眼差しをしていて。

そうして、フェリシアの手を握り返してくれる。

「大丈夫だよ。私は今の幸せを手放すつもりはないからね。あんな男の挑発には乗らない。それにね、私が尊敬する君なら、きっとこう言うだろうと思ったんだ。どう？　当たっている？」

——ああ。

じわりと、視界が滲んだ。鼻の奥がツンと痛んで、気づかれないよう小さく啜る。

「ええ、当たってます。ほんと、びっくりするくらい」

そう言うと、彼は満足そうに笑みを深めた。

それに反比例するように、アルフィアスの顔からは感情が抜けていく。

「さて。そういうわけでもう彼に用はないから、連れて行っていいよ」

ウィリアムが騎士に命令すると、心得た騎士は捕らえていたアルフィアスの背中を押して歩くよう促す。

意外にも大人しく従ったアルフィアスは、もうそれ以上口を開くことはなかった。不気味なくらい大人しく連行されていく。

そうして騎士たちがぞろぞろと出て行くと、物やガラスの破片が散乱する広間には、フェリシアとウィリアム、ロザリー、ゲイル、ライラの五人だけが残る。

本当は、色々と状況を訊ねたいところではあるけれど。

「はぁ……さすがに今日は疲れたね。王宮に帰って、詳しいことは後日にしようか」

ウィリアムのその提案には、一も二もなく頷いた。

エピローグ

祝宴もついに最終日を迎え、王宮の舞踏室は様々な人々で溢れ返っていた。

国内からは上級下級を問わない貴族が、そして国外からは王族またはそれに近しい上級貴族が集まっている。

フェリシアは、ウィリアムと共に主要な賓客への挨拶回りを終えて、今は兄であるアイゼンの許へと避難していた。

というのも、普通に気疲れしたからである。前世と今世を合わせた人生の中で、今日ほど気を遣った日はないと言っても過言ではない。

アイゼンとはつい最近まで仲違いをしており、仲直りらしい仲直りをしたわけでもないけれど、だからこそ、気を遣わなくていい相手だった。

それに、今ではもう、フェリシアはアイゼンを嫌ってはいない。素直に好きだとも言えないけれど、こうして避難場所にするくらいには、フェリシアのアイゼンに対する気持ちにも変化が生まれている。

「で？　愚妹は愚妹だから仕方ないとして、なぜ貴殿も共に来た？」

アイゼンは、フェリシアが一人椅子に座って参っているその前に立ち、門番よろしく眼光を光らせていた。

その眼光の餌食になっているのが、対峙しているウィリアムだ。

「そんなの決まってますよ。私も義兄上との仲を深めたいと思いまして」

「はて、深める仲などない認識だが」

「フェリシアに頼ってもらえたからと、そう張り切らなくても結構ですよ？」

「はっ。逆に貴殿は頼ってもらえなくて残念だったな？」

バチバチと静電気を起こす二人を見て、フェリシアはげんなりとする。これでは避難してきた意味がない。ウィリアムと二人でいれば必ず誰かしらが話しかけに来るので、ほんの少しの休憩のつもりだったのに。

はあ、とため息をつく。言葉の応酬を続けるウィリアムとアイゼンは、しかしなんだかんだ楽しそうというか、二人とも生き生きとしていた。男性というのはよくわからない。

（アルフィアスのことだって、トラウマだったわりには立ち直りも早くて、私のほうが変に気にしちゃったくらいだったもの）

王族への殺害未遂と麻薬及び人身売買の関係者として、アルフィアスは今、王宮の地下牢に繋がれている。依然として落ち着いた様子だと言うが、意外にも騎士の言うことは素直に聞いているらしい。

ちなみに、取り調べなどの調査にはウィリアムも加わるのかと思いきや、彼はあっけらかんと「やらないよ」と言った。

曰く「調査は騎士に任せる。あんな男一人に付きっきりで対応してやるほど、私は暇人ではないからね。それに、私が関わるほうがあいつは喜びそうだ」と。

確かに、とフェリシアが納得したところ、ウィリアムはこうも付け足した。

「ただフェリシアを誑かしたことだけは、仕返ししてやるつもりだけどね」

誑かされてませんけど⁉　と突っ込んだのは言うまでもない。

とにもかくにも、アルフィアスのことはこれから調査ということで落ち着いたようだった。

麻薬と人身売買の件についても、フェリシアは自分でも気づかないところでファインプレーをしていたらしく、無事に教会と貴族が関与した証拠を見つけられたということだ。

全ての事件が解決へ向かっているのは間違いない。

が、フェリシアにだけは、あと一つ重大な問題が残っていた。ロザリーだ。

（あの事件のあった夜会から、姿を見なくなったのよね）

おそらくだが、ウィリアムにも近づいていないのではないだろうか。

フェリシアは、それを嵐の前の静けさではないかと戦々恐々としている。

それらの溜まりに溜まった疲れを流すように、椅子の背もたれに頭を預けたときだった。

とんとんと誰かに肩を叩かれ、そちらに視線を移す。従兄のテオドール・リンデンがそこにいた。

「フェリシア、なんだか元気がなさそうだったから、おいしそうなものをいっぱい取ってきたよ。食べる？」

実はテオドールは、この祝宴に参加するためグランカルストからわざわざ来てくれていたのだ。彼は現在グランカルストの外交官であるため、兄の補佐役としての参加らしい。

といっても、仕事が立て込んでいて当日の入国になってしまったようだが。

いつ会ってもこの従兄の優しさには癒やされるものがある。

「ありがとう、リンデン卿。すごいわ、私の好きなものばっかり」

「うん。だろうと思って持ってきたんだ」

「まあ。私の好きなもの、覚えていてくれたの？」

「当然だよ。だって僕はまだ――」

と、テオドールは続けようとしたが。

「『僕はまだ』、なんですか？　その続き、まずは私の検閲を通してもらいましょうか、従兄殿？」

「げっ、出たな悪魔め！」

ウィリアムがテオドールの首根っこを捕まえた。見下ろす笑顔の種類は冷笑だ。

「まったく、油断も隙もないな、あなたは。だいたい義兄上、なぜこの男を連れてきたんです？　他にも外交官はいたでしょう？　それともグランカルストは、猫の手も借りたいほど人材不足なのですか？」

「馬鹿を言え。優秀な人材には困ってなどおらん。その男はそれでいて使えるし、ある分野においては、他の比ではないくらい優秀だぞ？」

アイゼンがくくっと喉を鳴らした。この笑い方をする兄は、大抵ろくでもないことを考えている。ということを、フェリシアは知っていた。

案の定、「ある分野？」と訊き返したウィリアムに、アイゼンは。

「貴殿への嫌がらせに」

本当にくだらないことを宣った。ウィリアムのこめかみに青筋が浮かぶ。

さっきまで二人だった応酬に、テオドールが加わった。

(本当によくわからないわ、男の人って)

仲が良いのか悪いのか。

このままではろくに休憩もできないと思ったフェリシアは、場所を移動しようかと考える。男三人に気づかれないよう立ち上がったところで、ドレス姿のライラが近寄ってきた。

いつもは騎士の制服をかっこよく着こなす彼女だが、今夜ばかりは違う。彼女は貴族の子女として、この舞踏会に参加していた。

しかし、装飾の少ないドレスは動きやすそうで、流行に左右されないシンプルなドレス、加えて会場入りしてからずっとフェリシアのそばを離れないところを鑑みるに、ライラは何も舞踏会を楽しむために参加しているわけではなさそうだ。

そしてその元凶は、間違いなくウィリアムなのだろう。

あんな事件があったからか、彼はフェリシアを極力一人にしないよう気を配っている。

彼の気遣いをありがたくも思うけれど、周囲に誰かいるときは、さすがにライラにも休憩をあげようと彼に内緒で「好きに楽しんできていいのよ」と促してはみたものの、ついぞライラが離れることはなかった。

「大丈夫よ、ライラ。ちょっと抜け出すだけだから。一緒にお料理のところに行きましょう？」

そう誘ってみれば、ライラが無言で頷く。

フェリシアが挨拶回りで何も口にしていないのと同じように、それに離れた位置から付き従っていたライラもまた、まだ何も口にしていないはずなのだ。きっとお腹を空かせているだろう。

二人でこそこそとその場を離れたところで、フェリシアは奇襲に遭った。

「フェリシア様！」

ロザリーだ。

嵐の前の静けさよろしく姿を見せなくなった、フェリシアの恋敵。

まさか祝宴で仕掛けてくるつもりだろうかと、フェリシアは身構える。ライラもフェリシアを守るように前に出た。

その効果は覿面で、ロザリーがさっと顔色を青ざめさせる。

「あ、あなた、なんでこんなところにも」

「当然狙って来るだろうと、王太子殿下からのご命令です。殿下はあなたに今後一切、王女殿下への接触を禁じたはずですが」

え、そうなの？　とフェリシアは目を点にする。

「だというのに、殿下がいない隙を見て何度か突進してこようとしましたね。殿下からはそろそろ最後通牒を突きつけると言って脅しておけとの伝言を預かっております」

「ひっ」

どうやらあの事件のあとからロザリーを見なくなったのは、ウィリアムの差配が原因だったらしい。

やると決めたからには徹底的にやる。そんな彼の手腕を恐れると同時に、どうしても喜んでしまう自分もいた。

だって、そこまでしてくれるということは、彼にロザリーを側室にする意思はないということだからだ。

「これは、個人的な疑問なのですが」

いつもは必要以上に話さないライラが、ここでそう口を挟む。

「そうまでして、本当にあの殿下の側室になりたいのですか？」

なんとも直球な質問だった。

ライラの瞳は本気だ。自分だったら絶対に嫌だ、とも顔に書いてある。

ロザリーは脊髄反射なみの速さで首を横に振った。

「違うわよ！　誰があんなっ……あんな腹黒で恐ろしい男の側室になりたいなんて思うもんですか！」

ロザリーは唾を飛ばす勢いで。

「だって知らなかったのよ、私。リアム兄様があんな人だったなんて！　そりゃあ女性を振るときは多少冷たかったけど、それでもあれほどではなかったわ。あのとき私、リアム兄様の後ろに悪魔を見たのよっ？　信じてもらえないかもしれないけど、本当に悪魔がいたの！　あれが本性だって知ってたら、私、好きになんてならなかった。もっと優しい人だと思ってた。あんな怖い人だったなんて、ちっとも思ってなかったのよ！」

まあ確かに、ウィリアムは時々悪魔というより魔王を背後に召喚しているけれど。そこは信じないどころか大いに共感するところではあるけれど。

ただ、そもそもの話として。

「好きでしたの？　ウィリアム殿下のこと」

　フェリシアはてっきり、ロザリーはウィリアムが好きというよりも、側室というおいしい立場に収まりたいだけなのだと思っていた。前世でやった乙女ゲームの悪役令嬢ロザリーがそうだったからだ。

「ち、違うわよっ。さっきも言ったけど、誰があんな、腹黒男なんてっ」

「でもそれは、ウィルの本性を知ったからですわよね？　じゃあその前は、やっぱり好きでしたのね？」

　言い逃れを許さないとばかりに詰め寄ると、ロザリーは言葉を詰まらせ、やがてやけくそ気味に答えた。

「っそうよ！　好きだったわよ！　本性を知るまではね！　それが何よ!?」

「いえ、何と言うほどのことではないんですが……」

　ただ、思うのは。

「ウィルのこと、本当に好きだったならわかりますわよね？　ウィルがただ怖いだけの人じゃないってこと」

　ウィリアムは、理由もなく怒る人ではない。理不尽に怒る人でもない。

　仮にも彼を好きだったと言うのなら。

「あんまり、悪く言わないでほしいですわ」

ウィリアムのことを。自分の、好きな人のことを。

それはフェリシアのためではなく。そしてウィリアムのためでもなく。

ロザリー自身のために。

「だってロザリー様、今だからわかることですけど、ウィルのこと本気で好きでしたわよね？　じゃなきゃイチャつきすぎなんて文句、出てきませんもの。よく考えてみると、ただ側室を目指してただけなら、そんなことに怒る必要なんてないですものね」

つまりあのときのロザリーは、嫉妬していたのだ。自分の好きな人と愛し合うフェリシアに。

「ウィルのことを怖いと思ったのは本当なんでしょう。でも、やっぱりまだ、さっきみたいに悪口を言わないと受け入れられないほど、好きなんじゃありません？」

フェリシアは困ったように眉尻を下げた。

同じ人を好きになった身としては、ライバルなんてあまり歓迎したくはないところだ。

でも、相手のことを好きじゃないと思い込まなきゃやってられないときがあるという気持ちは、フェリシアにもよく解る。

実際にフェリシアだって、最初の頃、そうして自分の気持ちを誤魔化して彼の許から逃げようとしたのだから。

だからきっと今のロザリーも、あの頃の自分と同じようにウィリアムのことなんて好きじゃないと思い込むことで、諦めようとしているのだろう。

「〜〜っんで」

そのとき、ロザリーが声を震わせた。

「なんで、あなたがそれを、見破るのよ……っ」

彼女は泣くまいと、必死に涙を堪えている。

「だいたい、いったい誰のせいで、私が諦めようと思ったと思ってるのっ？」

彼女は続けて。

「私だって、あんなこと言ったけど、本当に好きだったの。リアム兄様だけだったの。私の病気のことを理解して、鬱陶しがらなかったのは！ 周りはみんな嫌がったわ。咳でうつるんじゃないかって、近寄るなって。終いには気を引くための仮病だって、そんな嘘を言いふらした人もいた。だから本当に仮病を使って、気を引いてやろうと思ったのよ！ なのにあなた、リアム兄様と同じなんだもの……っ。私を避けないし、仮病を使われたってわかってるくせに、私を助けようとするんだもの！ そんなの、負けたって思うじゃない！ 私には無理だって思うじゃない！ あげく、リアム兄様の本性を知ってるくせに、それも含めて好きだなんて……もう、認めるしかないじゃないっ」

「ロザリー様……」

だから、とロザリーは乱暴に涙を拭うと。

「私はただ、お礼を伝えたかっただけよ。あ、あのときは、その、助けてくれて、ありがとう」

最後はかなり小さい声だった。

それでも、彼女が顔をほんのりと赤らめて言うから、フェリシアは予想外すぎて固まってしまった。

第一に、ロザリーに認められたという驚きと。

第二に、ロザリーが自分にお礼を言ったという意外性。

そして第三に、ロザリーが自分にデレたという衝撃で。

「国に帰る前に、どうしてもそれだけは言いたかったの。あのとき私、本当に苦しくて死ぬかと思ったから。──私は！　命を助けてもらっておいて感謝も口にできないような、そんな最低な娘に育てられた覚えはないわ」

そうして胸を張ったロザリーは、最後に綺麗なカーテシーを見せると。

「それではごきげんよう、フェリシア様。せいぜいリアム兄様の手綱でも握って、捨てられないよう頑張るのね」

捨て台詞を吐いて去って行く。

その後ろ姿を呆然と見送っていたら、後ろからウィリアムがやってきた。

「まったく、君は本当に人たらしだね、フェリシア」

タイミング的に、ロザリーが去ったところを見計らって出てきたのだろう。

彼がそっと隣に寄り添う。

「何を仰いますの。ロザリー様にわざと冷たく接して、そう仕向けたのはウィルなんじゃありません？」

でなければ、いくら鬼畜と名高い彼でも、あの事件の渦中に無関係の人間を無理やり連れてくることはしないだろう。

「さあ。私はただ、勘違いさせないように冷たくしただけだよ。ある意味当然の行動だ。それを、あのプライドの高い従妹に礼まで言わせたんだから、やっぱり君はすごいよ、フェリシア」

そう言われても、フェリシア自身は実感なんてない。

ただ、ロザリーがもうウィリアムを狙わないというのは、どうしたってほっとしてしまう。それくらいフェリシアにとってロザリーという少女は強敵だったからだ。

その強敵に認められたというのなら、それは確かに嬉しいものがある。

「でもね」

ウィリアムが腰に回していた手に、ぐっと力を込めた。

「お願いだから、あまり私以外の人間に懐かれないでね。だって君は、私の妻だろう？」

そう、この祝宴が終われば、二人はようやく真実の夫婦になる。

「私以外に好かれて、誰にも攫われないでね。もちろん攫わせるつもりもないけれど、私には、君だけだから」

フェリシアは短く息を吐くと、ウィリアムの手に自分の手を重ねた。

「酷いのね。つまりウィルには、私がそんな簡単にあなたを捨てられるように見えてるってこと？」

ウィリアムを取られまいと、あんなに一人あたふたしていた自分が？

見る人が見れば、さぞ滑稽なことしかしていなかっただろう自分が？

「心配しなくても、私にだってウィルだけですわ。こんなにも誰かを好きだと思えるのは、あなたが最初で最後です」

「フェリシア……」

二人とも、二人だけの世界に入ったように見つめ合う。

どちらからともなく微笑み合って、この幸せを噛みしめた。

ウィリアムと一緒にいると、幸せだと感じることが多くて困ってしまう。幸せに上限なんてないのではと、本気で思うこともある。

ここが舞踏室でなければ。

今が祝宴中でなければ。

きっと二人は、この溢れる愛を互いの唇で伝え合っていた。

でも、さすがのウィリアムでさえ、今このときは弁えたらしい。

キスの代わりに彼は身を屈ませて、フェリシアの耳元に口を寄せた。

「さて奥さん、そういえば今夜から部屋が隣同士だということは、知っていた？」

「えっ？」

なんだそれは。聞いていない。確かに部屋の移動があることは知っているけれど、それは祝宴が終わってからだと聞いていた。

はずなのだが。

「そういうことだから、今夜からよろしくね？　真っ赤なアネモネの花束を持って会いに行くから、待っていてね、かわいい奥さん」

何がかわいい奥さんだ。完全にこちらを揶揄っている顔で言わないでほしい。ここでアネモネを選んだのも、フェリシアが夜会でやった大胆なアピールを揶揄っているとしか思えない。

もう、本当に、彼という人は。

「だからっ、そういう大事なことはちゃんと教えといてくれますか、鬼畜な旦那様!?」

婚約者だろうが夫婦だろうが、彼に振り回される毎日はどうやら一生変わらないのだろうと、そう思ったフェリシアである。

あとがき

皆様こんにちは。今回はなんと三ページもあとがきがあり舞い上がっている蓮水涼です。せっかくなので、この4巻の裏話を交えつつ、皆様への感謝を伝えられたらなと思っております。そういうわけで、ネタバレにお気を付けくださいませ！


さて、3巻が不穏な終わり方だったため、多くの読者様は4巻を期待してくださったことでしょう。その期待にお応えできていたら幸いです。

本作は、すでにお気づきかと思われますが、多くの植物が登場するところ、この4巻についても「今回は何を出そうかなぁ」と悩みました。悩みながらも執筆は進めていて、ついに書き終えてしまったんですよね、実は。自分でも馬鹿だと思いました。

しかーし！「どうしよ」と一人焦っていたところに女神が舞い降りてくれたんです！

本作のイラストを1巻からご担当してくださっている、まち先生です。

というのも、ちょうどその頃に表紙のラフをいただき、先生が仮置きとしてアネモネを描いてくださっていたんですね。

「仮置きなので、何か希望ありますか？」とのお声をいただいていたんですが、そのラフを拝見したとき、私はむしろ「これだ！」と思いました。

4巻は初めてウィリアムが険しい表情で登場しているのですが、その不穏な表情とアネモネの花が見事にマッチしていて、担当様からも逆輸入OKですと仰っていただけたので、あとはどう書き終えた物語の中に溶け込ませるかが問題でした。

が！　私が深く悩む必要もないほど、アネモネの花言葉はあまりにも物語とリンクしていたのです！　私は本気で先生の予知能力を疑いました。なかでも「嫉妬のための無実の犠牲」という花言葉は、物語に合いすぎていて恐れ慄きました（笑）。実はあの花が後付けだったとわかる方は、少ないいんじゃないかと思います。


という、ある意味奇跡が起きた4巻ですが、3巻から引き続きフェリシアとウィリアムを見守ってくださった読者の皆様、本巻もお付き合いいただきありがとうございました。

また、今回の過密スケジュールを一緒に戦ってくださった担当I様、本巻も素敵なイラストで作者のハートを打ち抜いてくださったまち先生におかれましても、いつもありがとうございます。さらに、こちらもいつもお世話になっております校正、デザイン、印刷、営業等本作の出版にご尽力くださった皆々様にも、心からのお礼を申し上げます。

では最後に——令和4年5月、新作『転生王女は幼馴染の溺愛包囲網から逃げ出したい 前世で振られたのは私よね!?』が発売予定です！　こちらもどうぞお願いいたします！

蓮水涼

「異世界から聖女が来るようなので、邪魔者は消えようと思います4」の感想をお寄せください。
おたよりのあて先
〒102-8177　東京都千代田区富士見2-13-3
株式会社KADOKAWA　角川ビーンズ文庫編集部気付
「蓮水　涼」先生・「まち」先生
また、編集部へのご意見ご希望は、同じ住所で「ビーンズ文庫編集部」
までお寄せください。

異世界から聖女が来るようなので、邪魔者は消えようと思います4

蓮水　涼

角川ビーンズ文庫　23139

令和4年4月1日　初版発行

発行者――――青柳昌行
発　行――――株式会社KADOKAWA
〒102-8177　東京都千代田区富士見2-13-3
電話 0570-002-301（ナビダイヤル）
印刷所――――株式会社暁印刷
製本所――――本間製本株式会社
装幀者――――micro fish

●お問い合わせ
https://www.kadokawa.co.jp/（「お問い合わせ」へお進みください）
※内容によっては、お答えできない場合があります。
※サポートは日本国内のみとさせていただきます。
※Japanese text only

ISBN978-4-04-112434-5 C0193 定価はカバーに表示してあります。
◇◇◇